镜·流年

黄文华

/

著

孔學堂書局

图书在版编目（CIP）数据

镜·流年 / 黄文华著. -- 贵阳：孔学堂书局，
2025.6. -- ISBN 978-7-80770-674-8

Ⅰ. I227

中国国家版本馆CIP数据核字第20254CA529号

"流年"系列

镜·流年 黄文华 著
JING·LIUNIAN

责任编辑：张基强
装帧设计：万及设计
责任印制：张　莹

出版发行：贵州日报当代融媒体集团
　　　　　孔学堂书局
地　　址：贵阳市乌当区大坡路 26 号
印　　刷：北京世纪恒宇印刷有限公司
开　　本：889mm×1194mm　1/32
字　　数：170 千字
印　　张：8
版　　次：2025 年 6 月第 1 版
印　　次：2025 年 6 月第 1 次
书　　号：ISBN 978-7-80770-674-8
定　　价：52.00 元

唯有真诚带领我们抵达无限

熊焱

我的老家黔南是多民族聚居地。尽管我是汉族，但我对苗族、布依族、水族等少数民族的文化习俗充满了好奇和向往，那是一道未知的窗，吸引着我去推开它，以观望五彩缤纷的景致。在我开始写诗后，我就书写过一系列以黔南为背景的地域诗歌，尽管这样的地域写作早已被我放弃，但不可否认的是，黔南已成了我生命中一种浩大的精神地理。因此，当我第一次读到黄文华那些关于贵州的地理风物、少数民族风情的诗歌作品时，便油然而生一种亲切感，就像独自走在茫茫人海中突然遇到故人一般。

在黄文华的简介中，我注意到他有一个特殊的身份：制箫师。这意味着他是一个非遗传承人，当他以诗意的笔触把贵州少数民族古老而神秘的文化习俗描写得摇曳多姿时，那便是他对自我身份的认证，是来自血脉深处的回音。他的书写不是乡愁的吟唱和风物的赞美，而是在展示这片土地上的人民生生不息的生活热情和生命智慧："绣针的想法可真多 / 平针、乱针、挑针…… / 一针一针律动，仿佛日子的轨迹 / 放心向针孔倾诉，线会填满我们的创伤"（《水族马尾绣》）。在社会结构发生了重大变化的今天，在人工智能不断瓦解古老的精神传统的时代，黄文华对侗戏、侗族大歌、浪哨、水族马尾绣、大方漆器等非遗的深入挖掘，既是对某种人类古老精神文明的传承，更是他作为一个非遗手艺人肩扛的一份沉甸甸的责任。

黄文华很年轻，但已写作了 20 多年，创作题材、审美向度是多元而广泛的。他也在有意识地集中处理一批相似的题材，多维度地建构一种审美的丰富性和复杂性，以及广阔的诗歌精神版图。比如他描写紫藤、桂树、茉莉、银杏、林奈木等草木时，情景交融，以象显意，表达的是对时间流逝里青春远去的惆怅、爱情苦涩的忧伤："青春无声地陨落了 / 它曾绚烂盛开　也曾萧瑟凋零 / 砚台上飞花不拂留一瓣 / 仿佛你的一次凝眸还在 / 宣纸上的簪花小楷　尚有青春的墨痕"（《紫藤青春》）。

值得一提的是，黄文华的语言清新淡雅，情感浓烈而外露，他的喜怒哀乐有时如急流滔滔，有时如和风细雨，在笔端向读者一一呈现。尽管更年轻的青年诗人们大多数喜欢用象征、隐喻来藏起自己的情感，留待读者去揣摩和感受，但这种直抒胸臆、酣畅陈情的表达仍是一种难得的抒情品质。朱光潜在谈论诗的显与隐时，认为言情的诗要隐，也就是说，情感的表达需要节制，要留白以供回味，看似没有言情而情自在。在他看来，"超物之境"要高于"同物之境"。但这是从古典美学的趣味，且是以意象作为主要表现手法的立场得出的结论，在现代诗中却未必完全适用。因为在现代诗的语境和审美体系中，可以不再依赖意象而直接抒情言志、下结论、做判断。或者说，自现代主义以来，意象的主体有相当一部分开始转向自我，诸多潜意识、下意识占据了传统意象中留白的那部分，意识（情感）如洪流汹涌，似大雨倾盆。而且，那种饱满、深沉的情感体现着作者蓬勃的生命力，具有强大而澎湃的冲击力，让我们从中看到作者坦荡、辽远的心灵世界和精神高地。比如布莱希特、米沃什、博尔赫斯等人的一些佳作，不再依赖传统意象，却将个人深沉的情感、奇思妙想的智慧表达得淋漓尽致。

抒情诗有着源远流长的伟大传统，但其最大的危险在于矫情。过度的抒情、虚假的抒情、空洞的抒情都是矫情的表现。要做到感染人、打动人，重要的是真诚。即是说，对你的所写之物，要有身临其境的深切体验，不矫揉，不夸张，不做作，把握好尺度，掌握好分寸，并拒绝陈词滥调。

从字面意思上看，真诚便是真实、诚信，但它内在的要求，不是真实地记录，而是对事物本质的反映。比如那些粗鄙的下流话、丑陋的行为、肮脏的东西，虽然真实，但不足以成为审美的表现对象，还需要进行艺术的提炼和加工。正如休谟所说："我们描写比较低级的生活，手法笔触就必须是强有力的和值得引起注意的，必须能使心灵得到一个生动的形象。"因此，真诚还关乎作者敏锐的洞察力，它不仅是写作的伦理和审美态度，更是一种审美的价值观。而审美的价值观又与一个人的审美胸襟、精神境界、思想气象有着密不可分的联系。那些越是思想深邃、品格高迈的灵魂，越是在写作中袒露出真诚。

黄文华是一个真诚的写作者。他对先贤的追思和仰慕，呈现的是命运沉浮中的文人风骨："京都辗转着一曲评弹／说他的五车诗文　只磨成一块碑坊／说那些故事／寂冷了怡红　香谢了潇湘"（《吊雪芹》）；他对大地山川的行吟，是在表明他的性情与心志："一面镜子，折射花灯的唱词／一片湖泊，包容地戏的魂魄／在多彩的大地上相爱／以湖为镜，此心光明"（《湖泊的叹咏》）；他在《活着》《我不是》《养花人》等诗篇中的自我解剖，是在阐释人在尘世的生存境遇："我的名字虚空／比一朵牵牛花更轻／一张纸就足够停歇／一张纸也足以埋葬"（《养花人》）。不论是抒怀、赞美，还是批判、反思，黄文华都是在发真实之心声，叩灵魂之诘问。

唯有真诚带领我们抵达无限，但写作终究是处理文本内在肌理的千丝万缕的综合能力。尽管黄文华是真诚而具有无限前景的写作者，但他还需要加大对主题的深刻性和宏阔性的开掘，也还需要加大对语言的鲜活度和陌生化的处理。我祝愿，也相信他会通过不懈努力，抵达灿烂而无限宽广的诗歌的明天。

熊焱，著名诗人、作家，成都市文联副主席、成都市作家协会主席，《草堂》执行主编，《青年作家》主编。著有诗集、长篇小说多部，曾获茅盾新人奖、陈子昂诗歌奖、艾青诗歌奖、华文青年诗人奖等多种奖项。

目录

如梦令

卷二

冉冉云

卷四

风入松

—— 卷一

丁香结

雨过天青　那枝头淋漓的水滴
像我们之间的对白　晶莹剔透
摘一枝赠你
那满枝热烈的冲动　赠你
我知道
你收藏有更好看的银杏叶子
和更甜蜜的诗句
但这紫色的忧郁
是我整个青春未对你讲出的
情愫

夜修花

陌室里的盆景
一夜不说一句话
沉默　如窗外弥漫的夜色
叶梢露出了枯黄
被灯光照见

我拿起剪刀　也不说一句话
裁掉这部分温暖
秋天在这时有了消息

夜半美丽的心情
此时没有咖啡
我把它插在桌上的笔筒里

播种

一

往深处挖　孩子

这沙滩表层无土

小手把如狼群的沙子攥出坑

为了种下手中的花籽

长一对翅膀　结一串星星

如果一段许愿后　鱼长出来　鸟长出来

魔盒长出来　机器猫长出来　那么

孩子——往深处挖

二

在梦中我摸到土地一片荒凉

我摸到饥饿的孩子热泪盈眶

戈壁遍地骨骸使我战栗　我想

一粒濒危的种子要返回公元前萌生

那里水干净　土也干净

孩子们茹毛饮血　拔节生长

我在现世中　种下一种预言

适时浇灌　在田埂上殷切守望

我只要那冰漠长几棵纤草

我应该在这里摸到歌唱

三

南山之麓　种下的豆苗
被杂草驱逐　退到现在还是稀稀疏疏
但种下种子的人
至少会获得一片野草
这些野草　变成每个人的头发
——从生到死梳理
无法根除的　生理部位

JING

LIU

NIAN

紫藤青春

西门楼下那株紫藤 ①

爬满整条长廊　　郁郁一片

我巴巴地爱你

思念也是这般悠长、纠缠又葳蕤

多少少女在此休憩　　等待着所爱之人

等他下楼　　送上食物、拥抱和吻

多少爱侣在此温存　　也在此分离

紫藤花的大片紫色　　绵密下坠

是我日夜不停的痛楚和忧伤

你如这花儿一样明媚

你不知道我多自卑　　多胆怯

怕你看穿　　又怕你看不穿

我也无数次在这紫藤花下

推演见面时该对你说哪一句话

从最初的沉默　　到最后还是沉默

流年在反复发炎的伤口结冰

紫藤也早已零落成泥

青春无声地陨落了

它曾绚烂盛开　　也曾萧瑟凋零

---

① 济南大学西门学生宿舍 17 号楼下有一株茂盛的紫藤花。

砚台上飞花不拂　留一瓣
仿佛你的一次凝眸还在
宣纸上的簪花小楷　尚有青春的墨痕

珙桐树

从根部仰望树冠
看见时间的筋骨依然鲜活
我相信，时间是不朽的
自六千万年前行走至现在
眼泪，仍是第四纪冰川
融化而成的那条河流

伟岸，孤独，投下大片倔强的阴凉
浩荡的时光在筛管中奔涌
沧桑，在每一条脉络中翻腾
我的血流，是否也来自第四纪冰川
那古老而强烈的涌动感
让我感受到生命最生动的部分

四月的鸽群时光一样纯洁
像远在第三纪之梦，飞上枝头
那纯洁催我流泪，却无语可表
沉默之语如破碎的阳光
打在白鸽的翅膀上
它们欲飞不飞

修剪三叠

1

在下风向，清香如幽幽之曲
这属于刚被修剪整齐的草木
修剪之人，手持鹰隼的翅膀
如历史中类似的劳动者
修剪语词，语词的芬芳弥漫——

久远的仓皇鸟鸣
散落在《伐檀》篇
在四季的页面偏左偏上
万年青圈点着页码
（而页码枯瘦）
鸟巢安置在页眉

2

夺光高拔之枝，园丁将其删减
人的法则，必当高于物的自由！
龙爪槐的睫毛披垂如过长的忧思
忧思必被剪断，因为此时
阳光正好。这不过是一种传承——

"斫其正，养其旁条"①

---

① 出自龚自珍的《病梅馆记》。

江浙梅树的虬枝平仄抑扬
龚自珍的落红款识并不相配
而我的长发在青春时疯长
长过了三尺校规
园丁的刑剪，多次将它绞下

3

落地的残叶，是一条绿色河流
一条河不会分行书写
如混凝土森林夹着一条长街
跫音喑哑。人与车也是一条河流
你流向蓬莱，我奔赴洛阳——

最终所致，或为庄子的北溟
谁是大鹏之翼
而我是一条涸辙之鱼？
柳宗元钓一条寒江
吊钩弯弯，勾不住白雪融化
气温上涨和飞鸟绝迹

桂树

九月，被谁用古筑弦弹奏
旧音迟迟，千年之约多么神圣
千株桂树如约而至
在城市铺排一场赏花酒宴
邀蝴蝶和鸟共图一醉

九天仙话自远古洒落
一朝开成满枝缤纷
有多少相思寄语挤挤挨挨
缱绻不过是凡间情事
厮守一程，管他花期何时尽

在公园的幽径遇见泼墨者
采集露滴研几池墨
把桂枝点了丹红，染上金黄
再涂一层银白
题跋的字迹透着九月香

桂香

风是九月的絮语
梦呓般低回

脚踏呓语兼一程人世
却被倏然袭来的芳菲醉倒

醉卧九月之城
迷失了通达修辞的路途

淹留于一树繁花
无数回忆被花的杯盏倾倒而出

好似当初，你唇角微弯
在笑与静默之间最美

恰如无法忘却的痴
被水滴润湿，淋漓地渗透肺脾

九月，城市处处是香韵
是谁的情话，在全城传诵？

九月，不必登上高岗
桂香浮动时，明月跌入了酒杯

桂韵

兰舟催发多少凄艳
残月在柳词里彳亍了千年
而我刨桂为舟，折桂斜插
轻轻推入烟波迷离的湖心
谁照影调和了纷扰弹琴唱曲呢？

浊世，谁是我艳慕的高士？
手执逍遥扇，挂冠归东篱
在开满桂花的庭院舞剑
白衣素鞋而行，哪妨红尘沾身
拈一页书卷，笑谈风止沙净

高士在九月隐去行迹
留一泊湖水自眠，一城芬芳自赏
桂舟一叶，渡我过红枫湖可好？
卧波千顷，斜阳迢迢无语
湖中小小岛，正是我的心跳

桂籽

总是在时光中兼程，由青至黄
至枯萎。倏忽间，花月俱老
有多少话，未说过，便已零落

小心翼翼地捧着紫色的小橄榄 ①
像捧着舍利子，赠与凉薄的人世
却无人赏识，亦无人咀嚼

或许，我们都是小橄榄
拥挤在枝间，争吵却不相识
你有红颜劫，我有劲风吹

可否放一味相思，配制一剂解药
解我与这浮世的隔离
让我将孤独呕出，或消化于胃？

若不能，便将柔软封缄于壳中
决不随意生根发芽，示人以善
但仍要散发馨香 ②，如高士路过尘埃

---

① 桂籽状如微型的紫黑色橄榄。
② 桂籽壳厚，不易发芽，但芳香持久。

桂影

浪子已不能
被一轮明月引回家
只从月中拓下桂影
放在凹凸的胸腔

在这城市，谁不是被连根拔起
移植而来的一株植物？
就算在月光中，也是阴影部分
暗含着秋霜，口不能言

流连于你往返的路旁
并非喜欢花语落成发簪
和风中群鸟的合欢
或者蜂子四处散播的甜蜜谣言

而是鱼鳞撒了一地，闪着光
似离人的伤疤脱落
有些硬而倔强。而浪子是脱了鳞片
艰于呼吸的鱼，在寒霜上扭动身躯

藤本植物

思想生而无骨
不依附孔子　就依附卢梭
生命的寸寸旅途
尽是攀龙附凤之道

那又怎样呢？
死缠目标让灵魂升迁
在高处　尽得雨露
对风抖开华服　撑开一片风景
从不缺赞美与喝彩
俯瞰矮小花木　亦自有高度

更何况　有时逆向生长
向低处垂落而义无反顾
在悬崖深渊上凌空舞蹈
姿态万端　以示孤狂本性
舞步穿插进诗行
每个字符　也因战栗起舞

合上大自然的植物图鉴
藤蔓摇曳　静静封存于纸间
无迹可寻……

JING

LIU

NIAN

苦丁茶

蹈火赴汤的一生
越挣扎　越苦不堪言

被滚烫包围
在苦浪翻腾中浮沉
待余温退却　更苦中带涩

何必执着　放下杯盏
让苦味自行酝酿　扩散

阳光斜照田埂　风过竹林
一双白鹡鸰落于小池旁
步调优雅像是偶尔的幻想

这些事物过后
身世自会沉淀静止

在消磨中　苦味也会变淡
如到苦尽无味时
残渣一点　便归于寂灭

一味廉价茶
煎熬此生　本只为饮够味的苦

牵牛花调

一

我曾对你讲过那么美的情话吗？
在挺拔的玉米肩头
开成蓝紫或粉白
如若你是那样娇羞
我真后悔离开了田野

当你远去
远到云幕尽头
一朵朵唇印宣示的故事
直至死去也不曾褪色

二

一定是云滴落下来
不肯飘走了
被季节晕染而成
小侄女新买的裙子

一定是仙女偷下凡尘
在藤蔓上起舞
步步花开
浓淡深浅疏密
尽是淋漓的童话

三

群星朗照之夜
牵牛花偷偷爬过篱笆
爬向童年
我多么悲伤
又多么愉悦

雨水来临又退却
天赐的喇叭不会呜咽
我只想用它
喊回多年前的旧时光

四

多年以后
城市繁华又荒芜
拥挤在人群中
却是每个人的陌生人
人们从不同的路口流失

我想把田园记忆移植到城市
当阳光或是冰霜路过窗台
就对视一眼
但这最后　仅仅搁浅于念想

五

向澄澈之井
舀起我的素描时光
那些年华被铅笔涂抹过
有青春太刻意的散场

那些年　牵牛花的素描课是黑白背景
无人送我一册素描本
我亦送不出一首腼腆的诗
到如今
已寻不到艺术之根深埋于何处

夜来香：三生三世，旋即花殇①

我若是携斯红颜
于星幕盈盈时
雅言一夜如幽光
一夜花便开了

那满枝笑靥和语屑
幽幽散着异香
发香　体香　花香
诸般香溢出银河宇宙
一夜人便醉了

一树细白时光
匆匆洒落　等不及天亮
一梦三生三世
复荣花开　旋即花殇
红颜早乘月色离开
一夜风便止了

① 养了一株夜来香，9 月间，夜幕降临时花朵全开，11 月时二次开放，香气浓烈；因枝条生虫，第二年春夏之际枯死，秋季时神奇复苏，开满枝花朵。不久花谢枝枯，全然死寂，然深冬之时，枝头几处又萌新芽，实乃三生三世了。

龟背竹：万语千言终缄口

感谢造物向你许诺
在墨西哥雨林巡游万年
而后　身姿绰约的你啊
穿了碧绿镂空裙
带了多情泪① 漂洋嫁东来

在四围茫茫的海浪中
我卧身成鼓浪屿
只托举你一番轻梦
听你经络里低絮着呓语
潇潇之雨歇而未绝时
你那姿容清丽哟
似万语千言终缄口的诉说

有一种倾慕飞溅着白浪
似鼓浪屿与厦门岛之间
那湾窄窄的海峡
回归的步履轻轻地跨过
流浪的思念迟迟地淹留

当你终于来到我的窗前
仍着一身碧绿镂空裙
带一身热带雨林的脾气
我欲倾江倒海问候你

---

① 龟背竹汁液具毒性。

最后却笑而无言
只让你久久地
久久地立于我的心间

白鹤芋：等待，寸心皆白

噙着春夏之水来
时时沐浴　涤尽一身尘埃
殷殷顾盼间　叶叶竞相望
清清白白满株精神
四时不染　是为等谁归来？

不畏骄阳毒霸
一日间容颜入暮　舍命枯萎①
不敬冬寒以酒
宁可凋零云鬟　委身尘土②
等不到相期之人　矢志白头不许

在白露的庭院　抑或知风的楼台
一再延长花期等待
等待　寸心皆白
等过了花期　白雪消融
仍旧守着年华不肯老去

白鹤自花期飞来
传下高洁之名
白鹤掠过花期飞走
亦留得青春满盆
等待　便成为最美的事

---

① 白鹤芋忌太阳暴晒，若骄阳直射，一日间便可能枯死。
② 白鹤芋畏寒，冬天放于室外易冻死，此处反写其精神。

洒金变叶木：在浮世里流传下姓名

追索金光的路途　童话是近的
或许就在森森然沉寂的后山
只身涉险是远的　远在日色之下
海中缥缈的岛屿沉浮不定
或被天帝命巨人托于掌上①
镀金梦止于波涛

若弃置了青绿之愿
以浮生寄于奔赴
孤旅无俦的一生啊
泥泞代替碎金飞溅一身
日子将其变更为基因
便再无浆洗干净的可能

终不愿脱下久已脏了的衣服
沐浴　更衣　去迎候花事
笃愿行走在光明里②
哪管他　泥身对世人

当季节只剩下半夏半秋

① 中国神话传说中，有巨人族，在大海中行走，几座仙山
之间不过几步。愚公移山神话中便记载了夸娥氏二子搬山
到朔东和雍南的故事。
② 洒金变叶木喜光，生长于阳光充足之地。

亦不曾回眸瞻顾
披戴泥污而不改其志的人
终于在浮世里流传下姓名

兰花：曲折的花根代代传承

族谱仍供在祭台上
封面常被擦拭　未染尘埃
美名根植于钵盂
方寸之间
浅浅的愁绪长出了新绿

纵使浊世凉薄
曲折的花根也要代代传承
花伞是不矜骄的
伞檐下不期谁可相伴
向冬献出孤芳①　盈室而悠长

如若花茎被一只鸟折断②
便葬哀伤于盆底
造梦以取回温暖——

原始的门第在山野
与岩石和荆棘互相过门拜访
饮天露　闻天籁
收藏起族谱　卸下佩剑
与满崖青草　共用一个名字

① 兰花冬天亦开放。
② 曾养一盆兰花"黑美人"，冬季花苞待放，因抓乱飞的伯劳鸟，不慎将鸟笼推落，将兰花花苞砸断。

君子的佩剑

染有沁人香

鸳鸯茉莉：无缘相恋的两朵花①

蓝色蝴蝶飞入窗户
翩翩若蓝雪　似年轻之心的悸动
我满怀着情愫在阳光里绽放
与你同形同色
你却不舍高傲　轻轻越过时辰去

阳光晃动波纹　你浣光如浴水
悄悄转一转身
竟披上了紫霞的彩衣
我张着蓝色纱翅
心却蓦然间被染成了紫色

当我历经痛楚的思慕
在幻梦里蜕变成紫色的小花一朵
来追赶你今朝的模样
你却向着千山暮雪
挽起霜鬓　捧白雪葬下爱情
待我以雪覆身时
你已悄然零落下枝头

这一生　或是来生
我们终是无缘相恋的两朵花
你有你的无法等待
我有我的无能追及

---

① 鸳鸯茉莉，花冠如蝶，花朵初开为蓝色，渐变为紫色，最后变成白色，据说其英文名之意为"昨天、今天、明天"。

——朋友啊　你若来时
我别无厚礼相赠
只以一枝花赠你
三世不同色　空有鸳鸯名
你若是爱上一个人　是否
追到白头亦没有悔恨？

JING

LIU

NIAN

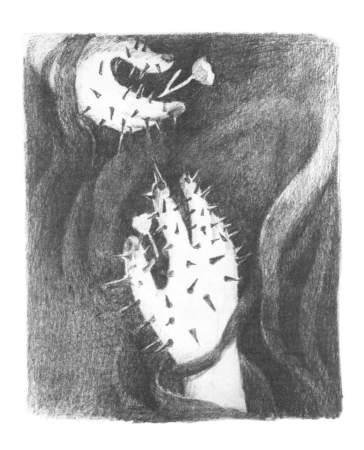

银杏辞

总要经过这个深沉的季节

银杏树底

尘世的奔走尽皆枯黄

有多少酸楚还瑟缩在枝头

那么无力与羞耻

人生不过是一场场的飘零

一阵阵冷风吹我落地

捡起半扇蝶羽

压扁在笔记里

压扁这半生流离

燕麦的证据

越来越近了，不惑之年
我们即将相拥
像两株干瘪的燕麦
塌着腰，头碰碰头

刹那的同病相怜
我们就会永久地告别
我们是否交换解药，非常可疑
因为至今，我并未找到药方

岁月之刃已收割了青春
潦草耕种的田野，未来是否
乌鸦飞走，荒芜而抽象
我无法画一幅印象派之作

燕麦，我多希望它饱满结实
电露而逝的一生，至少
在垂老之年，不要只有一头白发
遗留着岁月的证据

林奈木①

植物界最小的灌木
你多半未曾听闻
就如我的名字
隐伏在北极圈
低矮，微不足道

但我亦有纤细的木质茎
擎举着淡红色巨钟走遍旷野
望着黑夜一直黑
白昼始终明亮

在森林，我信奉垂直分层
靠近苔藓栖身
尽量压低身姿，焐热石头
但我始终保持灌木本性
偶尔，抬头畅想阳光

---

① 即北极花，常绿匍匐小灌木，高可达 10 厘米，钟状花淡红或白色，具克隆生长习性。分布在北半球高纬度地区。

沙漠里的鱼

瞧吧，海神之怒笼罩着
千湖沙漠^①，雨水早已撤退
白沙的锅底烧得滚烫
深蓝的眼泪被爱情收回

一条甲鲇鱼从死亡中
抽出信念，装备好黑色鳞片
努力爬过一重又一重沙丘

越过无数干涸的潟湖、尸体
鱼鳍之楫划开绝望，在沙丘上
留下蜿蜒的生命痕迹。然后
投入海神的慈悲中，复活

风沙无法磨灭那一路挣扎
正好留下清晰的路标
渔人提着案板尾随而来

①世界上最湿润的沙漠，被誉为"世界上最极致的地方"，
沙丘洁白，潟湖深蓝。位于巴西东北。

好一只岩羊

从云贵高原再跨上青藏
为避免死于高原反应
我取来一副岩羊的皮囊穿上

被雪豹、金雕或狼群追逐
逃生的最终之地，是峭壁
若捕食者穷追不舍，我们只好
在这张毛毡上一决生死
在它们扯断我的喉咙之前，峭壁必会
留下它们的断腿、利爪或牙齿

平地之盐早被其他种群取走
悬崖上渗出的眼泪
我必须舍命去舔舐一口
辛苦、危险是我必须付出的

在命运的攀爬中，总有一些馈赠吧
神为我祝祷四蹄，我因此
可以在生命的行走中蹿高走低
完成另一种高原的生存哲学

总有好事者会感叹
"哇，好一只岩羊！"
其实，他跟我不是一个物种

如梦令

卷二

JING

LIU

NIAN

那个时刻

无数个岁月以后
年华像一场梦旧　很多故事
已经风化成灰　此生
我们再无缘翻开那个时刻
那个时刻　温暖或沁凉的心弦
曾被谁轻轻拨动

那样的夜晚　春水停留在南方校园
远处的灯火　蜕变成迷离的花开
楼道里唯一的声响
是我匆匆的足音
和我急切的青春

抬头　她不知何时何故
早已站在那里——
一座蓝色神女雕像
轮廓精致　容颜俊美
落寞是淡淡的　彷徨是浅浅的
心跳是自由诗一样不押韵的

无数个岁月以后
红尘纷乱　记忆长成荒草
草根胡乱串生　封锁了心扉
唯有那心弦的律动　还在隐隐回响

爱情

你是一页纸笺
我是纸笺上的一点墨痕
我试图把你翻过
而最后，是你翻过了我

夜来香少女

凌风而打我身旁飘过的
她是一束夜来香　她仿佛
用脚与沙子对话

她来自哪朵夜来香
这般，轻灵地与我擦肩而过？

夜来香少女
我粗重的跫音　有没有
惊扰你？　我烟火的气息
有没有沾上你的衣？

你默默地飘过
如同我早已忘却的忧伤
你如蝴蝶的翅膀　夜夜
被林间的夜莺歌唱

夜来香少女
今夜，你要回到花房里去吗？
明天我不能再遇见你
你是一枝不唱歌的夜来香
今夜以后，你是我迷离的怅惘

美丽如你

不想以依依垂柳作喻
你是一把飘飘洒洒的阳光
在花影下绽放
穿越泥土和芬芳

在我的许愿池里
清冽的涟漪，不要流浪
你是一条鱼一滴水
抚拍梦想，自在徜徉

沉默很瘦，诗歌很瘦
而你的微笑甜蜜
你的韶光丰腴
你欢乐地种植玫瑰，美丽如你

最是那一回眸的风情 ①

晨光铺满车站
她是古典音符　不知从哪本乐谱走出

不知是苏绣还是湘绣上的蝶
羽翅轻柔地飞来人间
其实　仅是白衬衣蓝牛仔
将一个时代留给我

她登车时的惊鸿回眸
在阳光侧面　在洛河柔波里
仿佛双声、连绵、叠韵
仿佛风、电、影
鲜花流水的一瞬
我便化作一块僵石

挥尽豆蔻词工　落笔江南烟雨
一首宋词　怎经得起
那温润的落款?

朝云春梦散不去迷离
我恍惚了一生

---

① 某日晨，在县城车站候车，一约莫二十少女，登车时蓦
然回首，秋波无限风致，与我目光交接碰撞，朝阳掠过她
右侧侧脸，靓丽的容颜更添妩媚。

一泓眉眼清波 ①

今生　我打闹市经过
来自黑耳鸢的领地
将去田野捡拾稻穗
或者蹚过小河流
睡在一块岩石上
假装自己也是岩石

她从一首诗中转过身来
眸中的清波拍打在岩石上
猝不及防　岩石长出植物之根
长成一树相思木
忧伤的蓓蕾　滴答着露水

依稀邂逅　在记忆里
攥紧透明的线索
恍惚中　那眸子里是一种
遗憾

---

① 午后，经过闹市，转眼望向一个小店的刹那，店里背对
着街的女孩也正转身回眸，容貌已忘，但那双眸子深情灵动，
令人痴迷。

十七岁，你或影子——给一个女孩

你的眼角一直落着雪花
一片　两片　千万片那么纷繁

你的眉头有鸟在歌唱　有艳阳高照
比你的宫殿还要繁花似锦

忧郁如一支羽毛
轻盈地漂浮在你眼底

你站在宫殿中央
离我一首诗或一次相恋的距离

你的寂寞幻化为数不完的飞鸟
盘旋在整个城堡上空

我在你的寂寞中仰望长空
青春如长河从天而降

直到两种寂寞都化为尘土
我才忘记　你是我的影子

雪的问候

病中，听说一场白雪神采奕奕
乘着雁羽来自远方
像是从妹妹黛眉和唇角掸下来的
一片旖旎风光

雪的颜色
明明是镜头前妹妹丽水涤润后的肤色
雪的盛开
正如妹妹掀起睫毛
笑意长出翅膀
从水波上翩翩而来

十二月雪锦绣怡人
是妹妹从少女梦中剪出来的
就像你每日剪下的苏州刺绣

在一场雪的叙述中
妹妹捎来一行行祝福
那祝福的罅隙间
探出一簇簇红花

在这场雪署名完后
春天就有了绯红的相思

一梦千年雪

如果一场雪持续像思念

绵延千年不绝

梦雪的孩子

终会在人间白头

她是谁①

她是一道流星　忽然坠地
眉目轻盈得像蝶翅
姣颜薄似秋水　蜜如荔枝
笑意是会灼伤人的火星

洁净的白衣上　光芒灿烂
却并无多余的坠饰
幻梦只是不确定的诗　不如她
高雅是她高跟鞋的跟
美丽也只是她衬衫上的纽扣

她是一道光　将尘世照成了水晶
我的心是水晶　呼吸是水晶
无力的证词也是水晶

世间的尘埃和男子　都应臣服于她
日月繁星　当为她举灯
白雪加冰　可与她略谈爱恨

可是　在两个泥胎凡塑的男人之间
这绝世的冰雕啊　不会说话
难道　终不过是件易碎的手工艺品吗？

①2016 年 9 月上旬，在贵阳国际会议中心见一女子，容貌
惊艳，白衣如雪，气质脱俗，与两个中年男子交谈，却始
终未发一言。

漫长的遇见 ①

她清浅而淡
在南浦路最晚的风情里
默默地出现，又消失
如同南明河一抹波痕
终于缄默成清白之水

静静地，她走过落雪时节
容颜似融水初醒
手腕上仍有雪白未化
雨初歇，她穿过悠长的樱花丛
花露打湿了睫毛，落英留于唇上
我们交错时，她的眸中
藏着蒙蒙细雨

她是否，来自斜斜的雨巷
来自弯弯曲水一隅？
我不住南明河头
她住南明河尾吗？

时光经年
我们在南浦路口，交换着方向
最好的方式，是沉默

---

①2018 年至 2019 年初，工作日在南浦路靠近市南路交叉
口处，总能遇见一个女孩，淡雅从容地走过。我们的方向
刚好相反，每每交错而过，漫长的时间里，从未打过招呼，
未曾开口问好。

她仍是一首四月的诗
我还是那只不停歇的旅鸟
不动声色地
经过

指甲

指甲　身体极少的锋利部分
总爱长长
而我疏于修剪　十指锋利
足以让我变成锋利之人
当然切不开忧伤、孤独、意难平
这人世种种混沌
盘古的开天巨斧亦无能破开
此日宁静　雨无关地下着
指甲轻轻挠着酥软的思绪
慢慢扯起
满把旧絮

黄文华，在镜中

他坐在镜中　刀劈年华
抬头寻找天空
天空　已被人折叠后带离明镜
他抓住满把虚幻瑟瑟发抖

我在黄昏时寻找河流
河流沿着我的四肢流失不见
于是　我在麦田边睡去
在镜中变成许多个自己
幻影交叠　他的影子叠着我的影子

镜里镜外　我和他
仿佛相识于时光之初
又陌生如相去几光年的两颗星
我们没有仇恨　也无友谊
所以不是仇敌　也非朋友

我们对坐在太平洋两岸
分不清暖流和寒流
千年后对望的眼里
是一些海水翻滚的泡沫

我们没有交谈
语言都埋进深海了

我们是海底永不相遇的两条鱼

最后只有一声叹息

深如汪洋　蓝似沧海

KTV

又一种红尘
灯光被封锁在深处　昏暗中
睡意被割裂成不规则的多边形
像很多破裂的玻璃
棱角尖锐
匍匐在横七竖八的身体下

放纵　喧嚣　地震
这暧昧地带　酒
让每一寸神经腐烂
将最后一丝清醒煮沸
又被吐出　蒸发成积雨云

今夜
偶尔一次虚假的梦里
火烈鸟的翅膀明艳
奋力飞过东非大裂谷
火红——
那些身体试图遇见玫瑰
凌晨的玫瑰枝上
挂满三生幻觉

梦呓

某些时候　月光如诗句般明亮
你坐在仓皇水岸　翻弄多年
积尘的梦　如同记录星河的古书
陨石穿透而过的伤痕
焦黑如旧　星星还在慌乱逃亡
银河倒悬　从南明河上升起
越过甲秀楼　灯火辉煌
你扶栏而望　几乎被风吹离而去
光影里谁见你深不可测的隐痛？

灯火中呓语的人
曾多次看见自高原出发的彩虹
瞬间灿烂　刹那幻灭
仿佛冬天观山湖上空弥漫的白雪
未曾落地就销声匿迹　成为一场幻想
只有被雪灼伤的期盼
还冒着冷气　像白纸上被风吹散的叹息

南明河冲刷你的眼睛
冲击波震伤血脉
首先是沿河的白玉石护栏虚无了
接着　一盏盏梦幻灭　身体化为虚无

车行乡间①

捧着青山远去的乡人
如今又将它们携回
小心翼翼地栽插在故乡
转过一道道梁
父亲的骨骼，被风吹响

山路是乡字的回环转折
一折再折成故乡地貌
收缩在母亲额头，她早年
说给儿听的话，一句句拉长
成为儿的生命红线

崖边，一抹红叶陡然浮出
那不是吟咏，不是爱情
而是多年后，云的寓意
只是太诗意的邂逅
总带着危险的不安

———————————

①2016 年 8 月 12 日回乡，山间乡路颠簸，崎岖泥泞，面
包车缓慢行走。在崖边突见一小片红叶飞举，煞是好看，
忽有所感。

搬家①
——
兼致七代人的祖屋

黉夜，老屋已入眠
像一把旧提琴安卧
我们趁机走出，身后
一个半世纪的光阴拖着长尾

我又回首，老屋真的老了
在七代人的回首中嬗变
光阴的积尘覆盖了琴弦
它不再声响，不再歌唱

而今，揭开屋瓦
只剩父亲一身嶙峋瘦骨
和母亲越来越衰朽的病体
老屋，应当返回历史

而我们要去向新居
在敞厅中展列丰盛和希望
新居之侧，饱满的未来
从玉米包衣中露出了头

①2016年8月15日凌晨3点多，举行了搬家仪式，一家
人走出七代人祖居的老屋，搬到新建的平房。

养花人

我是疏懒的养花人
将一网牵牛花栽在向阳的窗口
冷冬将半　花朵全无
才想起浇灌一次
曾说爱花的姑娘
早已从暮雨中离开

剩我这城市的孤客
每天　寂寂地翻阅流光
就像翻动经年的痛楚
翻一次　又添一次伤

爱花的姑娘
你喜欢哪些名贵品种呢？
而我从大山深处带来泥土
花种与草根盘结一处
越卑微　越容易成长
如我的名字　落土即生根

爱花的人是否会再来？
而我只是疏懒的养花人
我的名字虚空
比一朵牵牛花更轻
一张纸就足够停歇
一张纸也足以埋葬

山海经：给破灭的爱情

多年以后　自咖啡馆独自归来
阴霾的城　开始落雪

归来的路太遥远
隔着千山　隔着无尽海
隔着荒古寒冷
归来　暂避于一角温暖

时光的尘埃已落满你赠的书
缓缓翻阅　在无声的灯光里
爱情的插图　每一幅都怪诞
正文写着一场场梦呓
没有一场　我能够读懂

借我一座昆仑
垫脚以抚摸你的眼眸　雪正落
那透心凉　那落寞如沧海
赐我建木① 为杖
赴仙蹈海寻找遗失的美好
那美好　好似你灿烂一笑

自半旧的回忆中醒来

①《山海经》载：建木为"天梯"，天地断绝以前，可缘
建木上下于天地间，伏羲便缘建木上过天庭。

已是满城飘雪

有所期待的人

该掩上发炎的旧伤

山海经·勉己词

谁在命运之册注定

羲和的车驾永无休止地

轮回于东极与西极？

日轮滚滚　六龙千万岁可曾苍老？ ①

夸父是顽劣的少年吗？

逐日的命途亦不过一场轮回

河海饮干会再注满②

遗失的鞋履终将风化于千古

日轮滚滚哟

从莫名之始　追至虚空之终

半城旧事化成白沙

被风吹散的我们

你是哪一颗　我是哪一粒？

可羲和的车架不停　日子从不宽恕

有罪与无罪　都将在日轮下被碾碎

碾碎就碾碎吧

光热消逝于西

---

① 宋洪兴祖补注《楚辞》："虞世南引《淮南子》云：'爰
止羲和，爰息六螭，是谓悬车。'注云：'日乘车，驾以六龙，
羲和御之，日至此而薄于虞渊，羲和至此而回。'"
②《山海经·海外北经》记载：夸父逐日，中途口渴，喝
干了黄河、渭水，准备去北面的大泽饮水，未至便渴死于途。

必自东方再生

会有桃林① 绚烂成少女情怀

续撰命运之册　并附上浪漫笔迹

---

① 《山海经·海外北经》记载：夸父渴死于逐日途中，手杖化为邓林，即桃林。

易经··流变与贞正

此刻一念　诗行一爻一爻堆起
用几行阴虚夹着几行阳实
犹似不经意或奋力迈过的阶梯
结局是吉是凶
卦象未曾显示
抑或　我从未明白如何为结局断卦

卜筮是怯懦的
在十一月冬风正盛之时
结局如渡鸦的表情是善变的
风吹　冷冻　或蓦然而至的爱情
拆除骨骼　更换栋梁　颠倒爻理
有了错综 ① 的结局
该写上不同的判语了吧?

或许没有结局
或许只有永恒的流逝
唯乾坤　元亨利贞

---

① 六爻阴阳相反成一卦为错卦,六爻倒过来成一卦为综卦。

易经：请把孤独酿成酒

少年人
孤独是需自赏的酒
茕茕一人踩过浮桥
手边人是何时离去的呢？
在这四季清白之城
多年心事懒待清扫

盘古氏辟地开天时
所握定是孤独之斧
天皇氏连山而上昆仑
人类的狂欢历史既启
盘古便归藏于乾坤

少年人
若光阴迷眼太重
则捧清秋之水濯之
孤独的远方挂满星辰

遂古万象怎样律动？
龙马驼图出河　　神龟负书出洛
八卦亘古轮转　　封印着伏羲之名
文王拘羑里推而演之
满世秘密　　洞开了门扉

簌簌冬雪万径无人时
寂寥意境最堪赏味

待鸿雁自远方飞回
第一爪拨开凝重的湖心
就是春天了

诗经·梦一场

是谁裁云锦铺就　满篇霞彩飞动?
谁种的芃芃青草　一行行缀挂着白露?
在云锦之下的青青草原
燕燕无邪　颉颃[①] 而携梦去——

如一株艾蒿阒居也好
有时低卧在风里
采萧[②] 的姑娘在黄昏里归于陌上
手指凉而有苦　三秋不语
该是浪漫的错误一场[③]

或长成一支蒹葭临风
挺着腰身守望于水湄
逆流的清波里　伊人宛在
楚楚倒影　掩映于荇菜之中
雎鸠破浪而去——
怀抱着赠予爱人的礼物

是谁掌灯如彩虹　应和着采采星辰?
城隅寂寂　再无人等候了
执子之手的人是谁?

① 颉,上飞;颃,下飞。《诗经·国风·邶风·燕燕》有句曰:
燕燕于飞,颉之颃之。
② 萧,即艾蒿。《诗经·国风·王风·采葛》有句曰:彼
采萧兮,一日不见,如三秋兮。
③ 艾蒿味苦,却具药用价值,是止血疗伤的良药。

彤管 [1] 声动　声声如慕　似答非答

选个明媚的日子
种下第九十九棵荑草
便逐王师
离去

---

[1] 彤管：一说是红管的笔，一说是红色的小花，一说是红色的管状乐器，此处采第三种解释。见《诗经·国风·邶风·静女》。

圣经：遗失的信仰

我不在耶路撒冷
那里是否冷热不均？
我栖身的城　是一艘梦船
被遗留在了洪荒上古

在船舷最接近风浪处
狂浪时时撞击消瘦的胸腔
回望　光芒远在西奈山顶
西奈山苍老得如同悲伤
一身褶皱　苍凉的日色迟缓
修道院墙　裂纹蛇一样爬向远方

大海除了咸水　只有浩渺的冷
不沐光芒　我只期待温暖
当最后一只海鸥飞过桅杆
撒旦的黑暗之翼全面降临
神迹不显　先知　告诉我
深远的黑夜我能信靠什么？

离乱的士师时代已远了
末日审判未来之前
人们要乘着这梦船从黑夜返回伊甸园
摩西十诫 ① 在酒窖受潮　腐烂
这航程多像赞美诗

————————
① 见《旧约圣经·出埃及记》。

经书已残破不堪了　却仍记不下启示录
海上的风浪自远方汹涌而来
穿过余温微弱的胸膛
向黑暗的远方奔涌而去

佛经：致昔日友人

谁在爱情的道场初转法轮？①
你口占爱的偈颂　走进一场怨憎会里
从一只东部绶带鸟②
漫长迁徙后抵达西北
变成一只濒危的白尾地鸦③

高原隆起辽阔的孤独
早有风雪相侵　隐忍远比风雪漫长
荒漠延伸着空旷　没有尽头
你踟蹰如藏羚羊般来回
昔日　化成一地风沙

岁月把你引渡到零下 25°
你迈步的身后
慈悲零落成雪
染白了西北的胸膛

但恒河之沙也可步步履莲
顺着真言走来
南方隐秘的山间，有青青的竹林精舍④
有蝴蝶和飞鸟互相追逐

① 佛徒称释迦牟尼成道后初次宣传他的学说为初转法轮。
② 又名长尾鹟、一枝花等，雄性两条中央尾羽飘逸而形长，形似绶带，故名。被山东省列为重点保护野生动物。
③ 俗称沙喜鹊、沙漠鸟，中国新疆唯一特有鸟种，栖居于荒漠灌丛及多灌木的荒野，生性孤独而坚强。全球性易危。
④ 印度次大陆佛陀时代摩揭陀国都城——王舍城北门外，富豪迦兰陀建以供释迦牟尼讲经之所，亦为佛寺前身。

醍醐灌涌的小溪绕过磐石
流向阳光温暖的草丛

露痕电逝的一生
何必执着　每日
抄写半卷经文就放下
如若舍畔的花朵打开了经中妙义
蜜蜂从远处赶来采集
你何妨　拈花一笑

三字经··示儿

亲亲　在你清澈的眸子里
蓝图已经画好　星云在其中旋转
你若蹒跚迈出小脚丫
星云必定为你造绚烂辽阔之梦

蓝图的经纬　是一串串星轨
星轨以历史为轴　串起星子如明珠
无数光年消逝　行星不断陨灭
恒星却永远垂照

亲亲　懂得仰望星幕
以星光照亮自身的人
高洁而知尘埃轻重
若无法冲刷变幻的风云
那就擦洗双目　认真分辨
星子的位置和运行轨迹

亲亲　你若是戏蝶的稚童
竟忘了黑夜的存在
也要珍惜花颜轻绽　懂得芬芳清雅
若过花庭而径入琴房
簇簇花朵将为你叹惋

亲亲　蓝图已经画好

在你清澈的眸子里
星轨延伸出来的部分
会是你年轮的经　生命的纬

镜中人

——卷三

JING

LIU

NIAN

惜李白

清清白白莲花一朵
那火，出自世间淤泥
从巴蜀燃烧至龙山
余烬落在诗行上
仍然是清白的

把银河引至莲花洁净的杯盏
溢出杯沿的部分
一泻万里成黄河
整个盛唐，一同沉醉

乘一叶青莲在黄河飘荡
任它雨打风吹，天子诏令
一剑霜雪，一剑青萍
再一剑龙泉，斩断长安三万里长梦
"且放白鹿青崖间"
轻舟过处，此生悲欣浮现

采莲的处子容颜已逝
冰轮却皎洁如初
莲蓬之下的柔波中
（莲蓬正是佩戴了一生的酒壶）
恍惚了一甲子的岁月

殷勤打捞，只是揉碎痴心妄想
佛眼 ① 缓缓闭上了
止于空寂，回归青莲之名

---

① 青莲叶宽而长，青白分明，印度人认为其似伟人之眼，
故以之比喻佛眼。

怀霞客——游碧云公园印象

石径

是谁架设的天梯
能否到达你的头顶
——逆史而行几百年？
是张开的大手吧
到底搜索些什么？
哦，你腰里的带
系着一生的信念

亭

你是否曾用这
精巧的伞
遮蔽过风雨？
使者的化身
注视着亘古的郁绿
就那么沉默着

寺庙

瓦色剥落
如你几个世纪的沧桑
香炉依旧
如你熔炼提纯的灵魂
佛堂的清池里

你的名字，开成小荷

摩刻

你的生命
就在陡崖上开放
从未凋零
观瞻者，必须抬头
风雨后
留一壁惊叹和感动

洞

一个深深的伤口
有血液奔流

雕像

目光所至的远方
你的脚步也已到达
时间落成雪
堆在发间，永不融化

论英雄

埋下自己的骨头，与英雄相拥
这是英雄的一生

所以岳飞是英雄
海子也是英雄

埋下别人的骨头，与英雄相拥
这也是英雄的一生

所以士兵是英雄
鲁迅也是英雄

吊雪芹

一场烟雨　落在江宁织造府
丝织品上　满眼花柳繁华
雕梁画栋　琉璃粉墙
宝钗妆奁上镂刻着秦淮河的涟漪

秦淮河掩着这旧梦流逝
夕阳的血滴自残砖断瓦上剥落
星斗满天　陨落于一纸红楼
一块顽石　一株降草
仍在那里　永生

绚烂的秦淮灯会无法带走
只带走一把剪刀
在完整的纸面上剪出曲折的路
风筝一放　剪纸艺术就随风飘荡

京都辗转着一曲评弹
说他的五车诗文　只磨成一块碑坊
说那些故事
寂冷了怡红　香谢了潇湘

还好　红楼之梦
永不幻灭

猎人或款爷

白鞋纯白　他手持鸟枪
在村子里游荡
身姿慵懒　目光灼灼
仿佛狩猎之鹰巡视自己的领地
他来自外地　是非婿之男
被方姓之女傍上的款爷

叼烟斗的老汉说
他是个神枪手
狩猎飞鸟　开枪必杀
吐出的语调　随烟卷升腾
村妇放下水盆　引颈而望
他一身休闲服　多干净啊
一群泥孩子跟在他屁股后面
看他举枪　瞄准　屏气凝神
然后欢呼　一把杀鸟的枪
真酷！

猎人
他仅极浅极浅地笑笑
那几只黄或黑的狗却被激怒
朝着他狂吠　却也不敢扑得太近

敬鲁迅

一个老头子　站在冰封的大地上
向往着一片燃烧的野草
向往着一种永远的春天
春天　从百草堂来　从三味书屋来
从笔管中来　从脊梁中来

一个狂人　常常独自醒着
并且啸叫、呐喊　惊扰了睡狮、梦和灵魂
他甚至食梦　食人的灵魂　食妖魔鬼怪
于是恐惧的火、颤抖的火烧他的身
在炼狱中　人们听见了呐喊

一个弃医从文的人　以鲜血写字
写干了血液、精神
只缔造了一种东西——"脊梁"
这"脊梁"　还可以称为民族、国格
以及山川和野草

傍晚，且介亭风雨晦暗
晨时落花代表过往和某些人
拾花者浑身鲜血　他从战场中来
从惨淡的人生中来　他转身走进华夏
那个地方　住着真的勇士

暴君

温柔地指点江河
让它们泛滥或干涸
让一场赤潮、风暴
君临天下

残忍地吐露荒漠
让它们赤裸或荒淫
让一种沙尘、干旱
改朝换代

匆忙地罗列城市
让它们变异或嚣张
让一个女人、男人
自甘为囚

你让大地之心愤怒
喷出沸腾的岩浆
你让虚影笼罩在人间
绞杀试图逃逸者

哦，暴君有鬼神之面
人间不可见

未登台的演员

化妆师为他化妆
用河滩的淤泥和刺鼻的粉底
在后台，他默念着台词
等待流星的长尾消失，等待花事重来

舞台是白昼，观众席是黑夜
已登台的演员，生命的律动
如日光下的河流，丰盈，灿烂夺目

黑夜就应该这样仰望白昼
黑夜只是来临，又潮一般散去
他并不承认白昼也如此

掌声将演员推上潮头
曾有多少鲸群穿过此潮
绚烂的珊瑚礁藏在水底
——未登台的人，也心潮澎湃

心潮未平，已然谢幕了
他本是剧中角色
却被某种弹力弹出剧情

多少人如他，一生
未等来一次登台之机

一个女人拦路借钱

她的声音是一条断尾巴鱼
在冰面上噗噗地扭动
我朝前走了好几步
才明白鱼断尾巴的原因
于是我停下来
用湿泥蓄水一样的善良

一个女人比谎言更陌生
向我说起借钱的事
要吃肯德基，要打的去机场
她的两片红唇抿着虚伪的弧度
语言像桃花一样盛开

我以为她会脸红
可她没有，也不白，也不紫
仿佛是黑，掩盖一切
而且，鱼的尾巴长出来了
是一条大白鲨
冲我张开血盆大口

一身鳞片，散发着腥味
我讨厌腥，就像讨厌假面一样
整个舞台被那张嘴吞掉后
我善意地提醒她：该下台了

老板

我瘦骨嶙峋的身体
盛装着液态蜡　把手伸出来作灯芯
常被他点亮　不分日夜
他点亮我时　用一种红色的纸
他熄灭我时　不用仁慈　用我的感恩

他深广的身体里充满天灾
他扬起海洋的身躯　怒涛轰鸣
我遇见代号"灿鸿"的强台风
从他臃肿的嘴巴里喷涌出来
我将自己四面镂空　却仍逃不过
强风拆毁屋檐和剔光骨头的劫数

我在密林深处潜伏　让卑微的老树根
隐藏在地下　绕过千年的古塔
不敢抬头去看一株野草
站在断垣上　讲述存在的一寸枯黄

他移动风眼　将我藏身的孤岛连根拔起
揉成一团废纸　甩向地极的冰海
在地极　永夜无边　是他的脸遮盖了天
我拼凑着自己的残肢　向白昼爬行
一边虔诚忏悔己过　因为他是上帝
是我的主宰

卖龟人

你在这虚浮的人世
等候谁的宿命?

时光太轻,人流如影
你见如未见,心念不动

悬龟于绳^①,在半空悠悠旋转
命运的转盘,将停于何处?

古老的占卜者,用通灵龟甲卜问命道
在神响和裂纹中得到神秘启示

你一定是占卜者的后裔
却有了新的占卜方式——

"舍尔灵龟,观我朵颐"
纸币染满绯红,蕴藏着命运的所有秘密

———————————

① 卖龟人用绳索将乌龟绑起来,悬挂在一根拐杖上,乌龟
便在空中慢慢旋转。

饺子馆的小女孩 ①

午后，栀子染香了记忆
她从枝头走下，轻步而来
幻光照亮她好看的裙子

款款飘落后，什么在微飔
那花瓣，安静得好似初初的雪
花间轻语，洒落素素的缤纷

她注视卫生许可证时
八九个年华，听来轻盈皎洁
那是她捧读过的浅浅童话吗？

她礼貌地付过淡雅，说完静好
然后跨过窄窄的街
渐渐回到栀子枝端

她不曾改变颜色
而千红万紫尽黯然
乖巧这样的词，我羞于说出

①2016 年 7 月初某个炎热的午后，在喷水池附近一家小小的饺子馆，遇见一个静雅端庄的小女孩，初见惊人。周围并无栀子花，但是栀子花开的时节，因此以栀子花喻之。

新房东

无星无月之夜，他行色倦怠
草草投入那孤店
掌柜备下一壶缺乏教养的酸酒
还有一碟凉拌势利狗肉片
然后说：客官，请先结账

楼层错了，错入极地
有积雪的寒风夜嚎
门牌号也错了，推开是幽暗的洞府
正好敞露了掌柜的秘密

这个细眼睛的男人
那些开关，在他心脏上无一不偏斜
丑陋地攀附在胸腔壁
一起搏，就有掉落的危险
假面脂粉吧唧吧唧地脱落
露出市侩的本来面目

投店的旅客，用过餐后
面朝夕阳
嘴角的弧度弯成远处的地平线
草蛇张口朝天，云中神物翻了个身
它便迅速钻入荒草中去了

小侄女

风从树间碎步走来
停在她清浅的额际
时光微澜　在她眼底轻轻波动

她知道树叶就该绿绿的
她知道树枝间有光影的旋律和鸟儿的歌唱
她知道松鼠毛茸茸的尾巴上系着梦幻和童话

她向捧起的手心吹一口气
自由就送归自然了
她将打开所有鸟笼
放飞被囚禁的渴望
她说　听不到鸟儿欢歌的世界
环境就不太好了

色彩斑斓的村庄
依然停留在天真年代
天籁褪去比喻　返回
小侄女永不舍弃的梦境

宇宙浪子 ①

向尘世撒出最后一把流星
他决定远行了
告别某座万星环绕的庭院
星子间的杀伐从未停止
大片天幕血迹斑驳
血腥味弥漫在物质与反物质之间

仇恨缘起于宗教　或更古老的
宇宙最初的黑暗
宇宙大爆炸的张力
让星子越来越远离
无数个光年间的沟壑
只有无尽虚空

喝掉一条银河
腰系 70 亿条古尔德带
手持一扇炫彩星云
牵着仙女座　骑上半人马
驰骋在无数奇幻天体间
跨星际，越星系，踏破星系团

故乡的恒星在杀伐中异化
变成白矮星、中子星或黑洞
坠向黑矮星　有的即将蒸发

① 美伊战争、俄乌战争、巴以冲突……这世间从来残酷，
多少无辜者丧生、伤残、流离失所……

JING

LIU

NIAN

如他的心脏——包裹在蔚蓝的海水中
鱼群和岸上的生物也在开战

那蔚蓝的小行星摇摇欲坠
他感到心脏在衰竭、腐朽
他看到宇宙缔造者所设的熵增定律
无处不在

在辗转的旅途中　　他与仙女座走失
——爱情是他治疗心衰的唯一良药
半人马座死于
巨蟹座、长蛇座、小狮座的袭击
他只好徒步向 465 亿光年之外出发

在那不可知之地
他猜测是明亮或纷乱的
只是难以确定
宇宙热寂是否在那里延续

手机颠倒了父亲的生命磁场

儿女将他从劳动场中拆卸下来
运送至城市，长久静置
他的生命磁场，被手机迅速逆转
青光眼、白内障也无法隔绝

鸟鸣，花开，秋水瘦凉，雪消冰融
他紧锁生命的门扉，毫不知悉
燃气灶开关的旋转方向
比七十余年生命的转轨更让人迷惑
电视遥控的 OK 键
是一种谜，始终无法确定位置
孙女的积木形状，比泥沙更难辨认

他沉沉地端坐在衰老一端
将时间转化成电流
轮替充给两只手机
我清晰地听到
他生命齿轮的锈蚀之屑
自视频中呼啸而出

他起身，沙发上深陷的凹痕
压实了他的过往，再无法复原

在时代滤镜中

他的五脏六腑堆满时光阴影
有些历史遗留的尘垢无法清洗干净
他被这些尘垢越压越低

像个孩子，嗜甜
仿佛一生之苦全在口腔
马铃薯和四季豆的根茎穿透他的胃
其余食物再难入口

执着于手表上指针跳动的时间
仿佛不跳动，时间就毫无意义
相信鹿茸泡酒可解尿频
血压日常值 180 毫米汞柱
他以为不过是 180 度谎言

一生如石，在重山间滚来滚去
未曾身处中原，一眼千里
只认绍兴的大道坦途，望眼无遮
他恨不得搬走群山
将起伏的贵阳踩平，变成绍兴

在时代滤镜中，他已无法分辨
自己是衰朽老翁
还是童蒙稚子

无理之理的指令

山河无恙，但有些因由
总会鱼贯而入，穿肠透胸
凝滞的，使人气促
锋利的，叫人胸痛

病理，是无理之理
父亲一生，始终执拗
但他也不得不服从无理之理
——住院，去寻找那些因由

追寻之路，通过人民币上的山水画
通过检测仪的电流
通过心电图、血脉
通过输液管

血样中的某些物质
带来了神启：心力随时可能衰竭
罢工在即。无理之理发出指令：
即刻转至上级医院！

岁月之刀一直劈砍他
他未曾败阵；但岁月铺展为床
让他休憩，他却难再起身

转院的救护车

类似一只蝉
将父亲、洗漱用品及某种低压
塞进去

胀极了，不顾时令
它破口而叫
夏日还远着呢，它太过无奈

绕山穿林，过人间
尖厉的声浪切割街道
所有车辆，都尽可能避让

低压顶住喉咙
乱流在心间涌动
父亲这只夏蝉，抵达一个寒冬

CCU：神秘祭坛

祭坛，神秘莫测
朝圣者止步于门外
修行走火深入心脏之人
才被允许进入

父亲，一根衰朽的老树桩
凝雪化冰，全灌入心房
心也衰朽
因此他被允许进入祭坛

通过献祭，确认神启无误：
心脏的三根天线
被邪毒堵塞，功能受损
几乎已不能接收生命信号

主持献祭仪式的医生
替父亲取出寒冰，疏通淤堵
让生命信号流入心脏
父亲才在祭坛中休憩

祭坛使者和各类魔法仪器
反复探测、确认生命本源
而我们轮流守在祭坛门外
用锋利的时间刺穿睡眠

哭泣的患者家属

陌生人，我跟你一样
"掏出钱币如掏出落叶"
你掏出长辈的病危
我掏出父亲的心脏

陌生人，我跟你一样
在这离生死最近之地
默数着生死，度过节日
穿行于楼栋间，把所有坎踩平

陌生人，我们都曾是大道上
法国梧桐的落叶，被寒风卷入此地
有无数落叶重回树梢
就有另外一些，去无踪影

所以，陌生人，我跟你一样
对病人保持足够的耐心
对医生保持深切的谦卑
对寒冷保持坚硬的表情

血红蛋白·密钥

一个医学名词，从父亲体内
被反复抽出，被白袍使者
锻打成一把钥匙
打开 CCU 之门
将父亲送入普通病房

每升 110 克至 150 克，正常值
父亲，我们好好地活着
七十多岁，年轮卡在
孔子的余音中：
"从心所欲，不逾矩"

可腰间，淤青如阴霾
迅速扩散，雷霆闪电一时并发
剧痛裹挟于其中
一场又一场淋漓的大雨
从父亲的皮肤中渗出

心率监测仪上，海浪逐海浪
"卷起千堆雪"
白袍使者从各自的巢穴
乘浪而来，各显神通
会诊，阴霾之谜却无法揭开

那个医学名词，又被反复抽出
70 克每升！急剧脱离正常值

内出血——纵是疑问词，也是天罚
于是那把钥匙打开祭坛之门
再次将父亲送入

CCU 门外

仿佛，时间被熬成
黏稠的黑色毒液
祈祷者半睡于其中
手机之电耗尽，梦半溃烂

祭坛使者走出
告知地壳运动及次生灾害
告知生的希望与死的可能
索要魔鬼的承诺和署名

血红蛋白，持续下降的红色河流
在父亲身体内，黑暗持续蔓延
说明泄洪堤口的存在
以照影技术侦查、修补
也可能仅是徒然

我一笔签下父亲的生死
确认，以时间之黏稠
去堵那神秘堤口
地壳运动造山还是造谷
自有其果

多日后，血红蛋白，那把钥匙
咔嗒一声打开祭坛门锁……

JING

LIU

NIAN

在普通病房

被卷落的法国梧桐树叶
跟地面尘埃一样，了无痕迹
在 21 楼病房，我还原成儿子
给父亲喂粥、喂药，处理粪便

在高处，未曾遇见飞鸟
（飞鸟自我的梦中飞出）
父亲的血压也像飞鸟之翼
牵扯于引力，升不上来

隔床的夫妻各自捧着雷云
一触即炸，致使草木丧生
大地龟裂。此时，我看见
晴空已然撤退，山水反目成仇

夜晚，将椅背调过来枕着
这并非梦中之马
沼泽、深渊、峡谷皆无法跃过
就连浅浅一场睡眠，也不能

次日，隔床之床空空如也
使者尚未带来江河疏通的消息
那对夫妻，便已仓促离去
当然，沉舟或续航，船家自决

往返的地铁

潜行于地下，不被世俗所阻
让人间事，喧嚣于地面

就如此往返吧，无来处
亦不知所往。只有一席长梦如幻

毕竟这地下，风雨不至
凝冻无法袭击铁轨

但我又否定如此——
这里也无花香、树影和鸟鸣

一个满怀尘世之人
必定会到站，钻出地面

出院：遇见阳光

我站在完整的大陆上
见父亲体内的地壳运动
及次生灾害，终于渐渐止息

血液和血浆带着生命因子
赐给父亲一场造化
血红蛋白交出密钥
心率之浪均匀地波动

白袍使者捎来口讯：
冬天已尽
繁花正在赶来的路上

果然，我们在路上遇见阳光
阳光比棉花更重一些
更洁白一些

父亲这截老树桩
发出颤抖的新芽

长似少年时——寄袁兰雁先生

七十多年，他已活成一部
长篇小说。十二年捶打
一百二十万枚银片
镶嵌在骨骼上，骨骼不朽

他们举杯庆贺，爽快地喝干青春
一杯才过雨季，一杯又涨了潮
一会儿在沙家浜点将
一会儿在林海雪原剿匪

其实，衰老之人是我
隐匿在啄木鸟的巢穴
数着赶路人的脚步声
抱紧翅膀，不愿再触及风雨

醉酒之人是我
看见鲸鱼游过大海
驱赶鲸群搏杀海妖的幻想
已遗失在年少之时

与阳明先生对坐

五百多年一对坐
先生，我跋涉时光大川而来
舟楫不知所终
只有心的镜面时雨时晴

敲击镜面之锤
我不知被谁握着
五百多年的尘埃落下
像一张巨幕，我在寻找幕后的舞台

草堂①之外，绿竹总在摇响风声
蚂蚁驮着日影越过青山
先生，我们仍在堂内对坐
为何，那些声响在你心中全无投影？

草堂的门窗也不存在
时光大川洒成笔头的几点墨痕
"心外无物"。先生
我们对坐，心的镜面有光，也无光

---

① 王阳明有诗曰："他年贵竹传遗事，应说阳明旧草堂。"

JING

LIU

NIAN

读书，做圣贤

云的舌头长过天际
先生含着，不肯张口
过早喷薄的云，最终都会被铰断
先生含着整个宇宙的蓝①

把云剪碎、扫尽
露出纯澈之蓝，一望无垠
鹰隼的翅膀之外，另存高远
先生开腔，纯澈之蓝如醍醐倾盆而出

空明，心相奇景迭生
从天与海的倒影间出发
孩子手捧星辰去敲圣贤之门
星辉洒落人间，光芒自此不灭

---

① 湛若水《阳明先生墓志铭》载，王阳明原名王云，6 岁才
会说话。

圣人，学而至

巨大的鸡子包裹着万物
蛋清蛋黄迷离，箴言含混不清
心的回声最远可及之处
只是胸腔

泥沼及身
无法拔腿跨过混沌
于是，匍匐在经卷上呼吸
像一朵莲

经久地注视，混沌邃然散尽
蛋壳中，婴儿在均匀地呼吸
圣人端坐于莲蓬底
满手泥淖

出淤泥后
先生高拔于天下荷塘
将莲子种于圣人之心
风荷举于后世，处处莲藕

格竹逸事（其一）

"先生二十一岁，在越"①
与禾本科植物有一场论争
关于竹子的草本和木本属性
竹根趋向学术，而地下茎伸向科学
直到调色板上，竹青调制的颜料
又变成竹青，朱熹的判语返回星空
这一事件分布在七个日夜
七匹马轮流托运圣人的思想碎片
最后，先生视我仍是一棵竹
正在开花，即将死去

① 语出钱德洪所撰《王文成公年谱》。

格竹逸事（其二）

第一夜
蝴蝶落在月光的裙上
青筠将裙纱挑起
风吹着百褶的漩涡

第二夜
竹枝牵扯着暮雨的韵脚
越鸟像一个流浪者
在墙外的古道上兼程而行

第三夜
大海喧嚣，远处却极安静
谁会在这样的夜晚乘竹筏出海呢？
竹篙挑破这一夜，又撑开了第四夜

第五夜至第六夜
蚂蚁军团强按下竹竿
爆裂声惊醒夜乌，暗翅剪下月裙
一团黑云轰然坠地

第七夜
渔人独竹飘过海潮
归来，两手空空
海盐在腹腔的伤口闪闪发光

龙场悟道：火即舍利

一丛火焰伪装成一场雪
在 1506 年醒来。刘瑾下令
以四十杖，将倔强的火逼入先生的胸膛 ①

贬谪，一丛火焰洁白
厮杀声由北向南，向西
雪霁后，露出火红之心

龙场驿，"万山丛薄"
马蹄铁踏不碎的苗语彝音
在窑火煅烧中，取出石灰
砌成王学的筋骨，长过五百年

举火之人留下火种
示诸弟子：圣人即此火
舍利子，是火的别名

---

① 1506 年，王阳明触怒宦官刘瑾，被杖责四十后贬谪至贵
州龙场驿（今贵州修文县）。

在高原布道

先生将佩剑插于洞中
在高原的荒山中执灯而行

一块块石头立起来
脱下灰色外袍，袒露玉的本质
用透明的性灵传递光

石头遍布高原
光在石头间的透照与折射
形成了高原上的彩虹

致良知：一只葫芦

时代低矮，先生手提闪电而来
闪电上，一只大明王朝的葫芦
在风雨的扑击中得道
暗中结满心学之籽

循着善恶的念头
葫芦脱离闪电投入水中
上善的浮力
让按下去的业果，又浮起来

盛一壶酒吧，阴阳在其中发酵
或者剖开，箪食瓢饮，日用不息
知更鸟起飞，催促晨曦赶来
左翼扇动光明，右翼覆盖黑暗

从高原腹心掏出的心学之籽
结出无数新葫芦

知行合一

赣江自史书的地脚飞坠而下
我手捧惊慌的浪花，看见
山中贼人驱赶狼群吞噬月光 ①

先生拍拍身上的月光碎片
手持鄱阳湖，以落差九百多米的鞭势
抽打野狼，驱赶它们返回明朝

又从规约中抽出闪电、教化
抽出一整幅青绿山水
和灯火人间

狼群驯化，猛虎却于人间扑食 ②
心镜映照的人间，金戈争鸣
先生以一个金刚项圈制服它

在时代杂乱的履印中
先生怀揣一轮明月大步走着
偶尔一挥剑，斩落月边风尘

---

① 王阳明时的江西中南部盗贼之乱。
② 明正德十四年（1519），宁王朱宸濠叛乱。

此心光明

"暗室一炬"，烫破黑暗的包衣
光明倾泻，照彻一首诗
阅读者俯伏在江河两岸
或樱花纷飞的国度

诗的某一行，溺水者在渡江
某一词，是乳燕初鸣
某一韵，像松子发芽

心鼓和鸣，光明互照
我与先生对坐于暗室
看见万象蓬勃

清洁工

文字分行，薄如利刃
切开绚烂世界的曲面
你尝不到鲜血

——花蕊，茎叶，根须
虚无发出恶臭
毒汁尖叫，高一声，低一声

清洁工他们
每日徒劳地清洗
擦掉绚烂，露出更深的黑

毒汁，精液，借神的下体喷射
中毒者，根须枯萎
清洁工，有罪

引
———

冉冉云

卷四

JING

LIU

NIAN

比喻

写干了东海水
用完了秋天的落叶和冬天的雪

左手比喻右手
右手比喻劳动
……

每天都在比喻
比喻一桩爱情
比喻活着的日子
比喻熟人或陌生人
给我带来的煎熬

比喻的枪口
突然射出子弹

发表一个冬天

一个冬天　从头至尾地冷
很像一场电影
从头至尾地荒诞

那个冬天有雪
我在雪片上写诗
言不由衷地告诉你
这儿阳光灿烂

那个冬天
你偎在别人怀里
说谢谢

我枕着冰川
抽了很多支烟
扔了烟蒂　嘴角轻轻扬起

那个冬天
是最后一个
关于你的名词

一首诗的时间

一首诗藏在茧中
打坐，拒绝白昼之光敲响山门

山门前，时光之血斑斓
污渍洒满红尘的袈裟

六根蒙尘的修士
怎能手捻一串真言悟得妙慧？

必须等待子夜以后
一颗漆黑的葡萄成熟，溢出酸甜

一只蝴蝶从寂静中羽化而出
无声地落于修士的掌心

删诗

裁边，已经无济于事
这种季节白昼太长，太热
如果不是全裸违法
最好裁掉所有内容

露腿短裙的长度是二十行
再多，性感一词将失去意义
谁会为你的青春投来热烈的目光？

七八行内很好，如穿比基尼漫步于大街
再少则更妙，数行蕾丝镂空设计
扭腰摆臀间，欲望若隐若现

羞耻的诗篇

要小，要短
长而大，青筋暴突
是禽兽所为

冰释

冰释前嫌吧　朋友
在这被放逐的极地
北极熊学会了分享领地
我们应放下极寒的纠缠
带着神咒就此分离
我将去向永夜之南
那里的大海可以装下整片天空
且有海妖的歌唱……

别了　朋友
你曾是我的身体　我的梦　我的秘密
我们曾一起深爱着极光之美
在绚烂的时刻
激动地说出爱的誓言

我们曾冰清玉洁　直抵孤独
和自由的深处
在深处　柔软成水——
极淡却饮而无罪
在深处融化　穿过水晶内部
留下神秘的蓝色冰洞
极致　梦幻　不可描摹
那是我和你的灵魂

告辞　朋友
洋流的撕扯向来无情

一种莫名的温暖让我无法入睡

（那温暖是谁的热情？）

甲烷的阴谋爆发　多么龌龊

我们的血液早已蓄满湖泊

甚至流入巴以之地^①

你是否知道

我们的宿命早已贯穿海狮的身躯

（海狮曾是我们最亲密的伙伴啊！）

它们数以万计　被遗弃在日落之岛

躁动不安　密集的悲鸣撞击着悬崖

它们沿着某种预设之路爬上崖顶

为着先祖的来路和那难言的

隐秘的神启

前赴后继地跳下去……

海狮的鲜血溅洒在夕阳照射的海岸

云在天空透出紫红

秃鹫被巫师放出地狱之门

成群盘旋于悬崖上空

北极熊赶来　一起分享海狮的尸体

——死亡的渲染多么壮丽！

再见吧　朋友

----

① 巴以冲突。

天罚已经降临　不可违抗
大海的遥远没有尽头
但我的路途不会太长
等到意志消解　身消道陨了
天罚会不会自动收回？

或许　能走得更远一些
（如果那温暖不扰我的睡眠……
以及　更多的什么）
与陌生的故人相拥而泣
他从企鹅的故乡来
我们相遇于海鸥触帆而死的海上

JING

LIU

NIAN

第三只眼看到的

暮光

在隧道另一端

微弱得像将亡之人的残喘

我伏在自行车背

成了自行车的铸件

向着暮光漂移

暮光倾斜

经过玻璃时转弯

照在白墙壁的相册

妈妈的健康在里面

爸爸的年轻在里面

妹妹的美丽在里面

暮雪、山羊、诗歌、天涯

都在里面

相册长出翅膀破风飞翔

暮光泼进菊花

采菊东篱下

悠然见南山

毒蛇

一条河流蛇一样爬行

爬呀爬

越爬越浑浊

被垃圾、腐食、沉淀拖住了尾巴

它不知道被谁脱去了清澈的皮肤

某个睡梦中　人声鼎沸

它忽然变得无比丑恶

浑身是毒　发着恶臭穿过城市

爬过我的玻璃窗时

毒蛇突然汹涌而来

拼命撕咬我的胸膛

毒汁不断注入我的体内

但是，我是毒不死的

像你梦见的一样

始终站在窗前

抹着眼泪扒开胸膛

桃花源

雾似轻纱　小院静谧
落英一地沉默
蜜一样甜的芳香沁人心脾

白色蝴蝶换了几种舞姿
橹声推开蒙蒙细雨
夕阳缓缓下沉

推开小小的冷窗
倚着　像倚着恋人的肩膀
秋湖明媚　许我一时迷离

——其余的，我还奢求什么呢？
满城喧嚣将梦击碎
时间的战鼓催人出征
我一时恍惚，哪一个是梦境

花市与秘境

去岁的空花盆还在
花泥尚微冷　等春暖盈盆
植株却早已不见踪影
走失的根茎成为春晓的秘事
无人再问及

隔街的花市喧腾如沸
总有花开着　过客如织
白山茶被俏姑娘领走后
红牡丹等来一贵妇
而再无一朵　再无一朵啊
同有旧年香

今春我仍一人向晚　过花荫
花荫里有她一场浅睡
那浅睡如春酒　饮过即醉
过烟柳拂着的河堤
对岸的波斯菊　仍似那时灿烂

柳丝不系　如她青丝不挽
玲珑绣眼鸟是她会唱歌的发簪
发簪何时飞走　太过随意
如今麻雀成群飞来　片刻后又隐入丛林
我默然步入黄昏　不确定
柳絮起时　是否再来

春之声名

春的声名近了　穿身而过
春的触感还远　在指尖一厘米处逡巡
为此　我空劳奔波
从远方抵达远方
看见时光在湖面互相撞击
似两块冰彼此仇恨　争向春暖
如两支兵团来去杀伐　死在春天是种荣耀

而一树寒雀落定枝头
挤挤挨挨依偎取暖
像密集的等待发芽的秃桩
一些鸣声又脆又薄
仍带着冬的颤音
雾霁雪临　它们暂时不打算起飞

唯我　在这凝滞的晨间立住脚
一时没了方向

蝴蝶泉

揭掉生活冰雪的人
心是一处秘境

当情绪落尽春花的繁复与姹紫
就能写入进化史
如蝉蛹化蝶　蝶名是一池泉水
春风抒涟漪如发丝

割舍岁月跋涉过满城喧嚣
寻得一瓢淡泊
移群山以屏障　植烟柳日夜看护
云拂过远山和林梢
从高处俯身探照容颜
那身姿　冉冉舒卷

白鹭比云更先一步抵达
而鸫鸟的情歌已唱过三月
鹊鸲不知何时登上枝头
婉转倾吐深情的往事
鹡鸰却痴等着一场邂逅
自顾自掠过水面去

每日绕泉而过的人　掩住四月的涌动
变成一株四季桂
传送满身香　不语

湖泊的咏叹

人们从群山间掏出多面镜子
如红枫湖、百花湖、阿哈湖
用以投影云的泳姿
和山的青绿声部

喊一声红枫湖，枫叶羞红
千家万户亮了灯
喊一声百花湖，百花朵朵，盛开
在阿妹的银饰嫁妆上
喊一声阿哈湖，湖中千岛醒来
变成船，穿越古镇与新村

谁将双眼隐藏在湖水下
向我投来妩媚的涟漪？
在一场路边音乐会中，湖水担任主唱
我的相思羽化成蝶，在歌声中缓缓飞舞

一面镜子，折射花灯的唱词
一片湖泊，包容地戏的魂魄
在多彩的大地上相爱
以湖为镜，此心光明

春天的另一种畅想

把斯堪的纳维亚凿成一把琴
放置在大西洋和北冰洋之间的敞厅
挪威海之心如此澄澈
正适宜弹奏欧陆风情

背对亚欧大陆观众席
在一阵阵春风上
修整出琴键
好吧，翻开英伦的谱夹
试弹一个音符——冰岛
那清凉，一下子飞溅至
深邃的大洋中去了

在自由的春天，何必拘谨
可以脱下意大利之鞋
赤足浸于地中海
把对欧洲、美洲的种种遐想
组合成旋律

弹一曲茶花女的忧伤
卡门的倔强
或波西米亚狂想曲
让破碎的爱情重逢于
我们蔚蓝的语言里

瑞士之春

阿尔卑斯山的额头花白
并始终花白，不回青，也不堆雪
时间缓慢，停在窗前的花瓣上
姑娘的睫毛掀了一掀夕阳
那被山峦削平的金色射线

空气中，万花之心在涌动
包围每所房子、每种焦虑
或幸福，将山岚抬升至半空
芳草连绵成一身娇嫩的肌肤
小径交叉，如文身斜挎于香肩
越过平滑的小腹，穿过肚脐

姑娘的春天从肚脐上升起
从乌鸫之口吐出斑斓
群马驮来的春天
被十九世纪的老火车带至远方

群山善于制造浪漫
比如，随空中缆车离去的人
终要乘降落伞从天而降
乘雪鸮之翅飞走的春天
最后都会从龙胆花的经筒中逼出

春天的分娩

冰雹趁夜袭击
燕子的翅膀勉强挣脱寒冷
凛冽的拉力使之倾斜
一些飞羽残断
幸有更多飞羽
自黑暗中重生

枝叶掩映处，斑鸠的嗓音
被击穿成筛子
松鼠的巢穴扭着螺旋
耷拉在枝杈间，像某种心境
还好，鹊鸲绒羽半褪
已饮了半盏春风，开口歌唱

湖水的涟漪是我的女儿
清澈的发音仍有些凉意
我借以献给她的花叶
被冰雹蹂躏后弃置于地
可我并不流泪，抬头
更多绚烂仍留在眼睑之上

春天不是没有分娩之痛
春天也不是没有新生的斑斓

地铁短歌

把地面让给青山、繁花与飞鸟
到地下去摸索岩溶地貌
——我们曾构想有个地下王国
绚烂的传说在那里发光

岩层的骨骼够硬
地下河的脉搏倔强地跳动，血压够高
溶洞盆腔一个又一个，够坎坷

——喀斯特之母，我们仍要下潜至
你的秘密中，驱使钢铁巨龙
运输青山之根和城市之魂

一首歌的前奏与尾奏之间
风雨无法透入，一座高原的奔跑
越来越快，越来越接近
传说中的梦幻之光

诗话农民画

在陈旧的时间宣纸上
草木枯荣更替，他们却佝偻着
脸部轮廓模糊，眼睛隐藏于纸张深处
锄禾，种桑，冻死骨被弃于道旁
他们只是被时代潦草地速写或擦除

而朝阳总会从肋骨下升起
经过胸膛直透额顶，红暖的气息
将故土改造成新大陆，宣纸焕然一新
他们获得清晰的命运，变成握笔人
仿佛毕加索一次次向东而来：

激越的色彩飞溅至瑶女的裙边
蹦进"村BA"现场，发出一声声叫喊
大海的幅面多么宽阔，多么幸福
线条跳着芦笙舞参与一场音乐会
画者的指尖沁出晨光中的鸟鸣

高铁驮着新村穿过山间田野
呼啸声晕染出大片绯红
向日葵、麦浪、野樱花铺排
绚烂的丝绸之路，野兔与孩子竞跑
时光的幻影层层打开，巨变正在发生

桥梁的献诗

旋转之力，将我们甩在
西南边陲，地壳运动
又在我们脸上，捏出万千皱褶
在皱褶中，我们压低生存高度
缓慢进化

沿秦时的五尺道翻山越岭
岔入南夷道，再拐进古驿道
我们始终在山顶和谷底迁徙
脚印，被乌江、北盘江或马岭河
不厌其烦地抹去

直到高原挺起一根根龙骨
缝合巨大的皱裂，挑着
连绵青山奔驰在云端
高举信心之火，去追赶东升之阳
我们才将崎岖、贫穷踢下悬崖

操起火花大桥的吉他
弹奏脱贫进行曲，或将云雾大桥的
幻梦扫进一首诗中，再去看
这高原皱褶，才觉"青山多妩媚"
这山河与人间，皆是风景独好

你是我的眼

千年后，这星外遗物
镶嵌在群山中
神秘的银色巨盾发出脉冲
——方言，江河，绿色？
客人来自光年外，与我们
以电波交流，毫无障碍

现在，500 米口径，FAST
眨一眨眼，喀斯特便翻一翻身
时代的波澜便卷过地球球面
被举高的风更加凉爽
余下的草海、湿地、滩涂
封印在高原的身躯中

其实，喀斯特是淳朴之母
笃信绿水青山就是金山银山
托举群山，如托举绿色花瓣
花蕊睁眼，遥望深邃的宇宙
在极限遐想中，喀斯特的头颅
将伸出宇宙，地球是一粒尘埃

乡村协奏曲

六百余年往事，酿出蝴蝶的金黄
在妥乐村，千株古银杏
将游人的视线引上一片片彝语
军屯余民揣着小溪的透明
过一座画中小桥，走进新时代

或许，我也是军屯余民
从距妥乐村十余公里的
另一个小村庄，抓着蓝鹊长尾般的
高速公路，抵达新县城，跳上高铁
东方恐头龙号，送我抵达
一个又一个美丽乡村

比如，抵达大坝村
金刺梨花打开别墅的窗户
窗花是大坝剪纸，穷苦的过往被剪掉
汁液酸甜，日子像蜜蜂的翅膀一样透明
阳光斜透而过，打在纯白的花期

比如，抵达花溪高坡
抵达风云的故乡，我们都还年轻
巨型风扇将风转化成爱情密电
暮云又将高山峡谷搬至天空
我们将在云顶花海相拥
像两片紫色花瓣，绝不提前坠落

乌夜啼

——卷五

JING

LIU

NIAN

灵魂里的景象

蛛网破败
墙体的裂纹在延伸
残灯将熄　暗影巨大

墙上钉满钉子
一个个郁结仰着脖子
没有规律地发着幽蓝的光
蓝光如潮流暗涌

这些年　我试图关上门
留住些阳光　在窗台种几盆花
守着　安静地落幕

可风总是粗暴地将门推开

在路上

那天
我走在路上
听见石头花开的声音
一只猛鸢俯冲而下
衔石远去
阳光跌进我身体
冰释成湖

想起那些娇美的花
被风撕碎时的呻吟
只有石头之花
从开后就未曾凋谢过
而猛鸢只喜欢石头之花
我那朵颓墙之花　　戈壁之花
……

那天
我走在路上

最后的战争

整日，思想都与身体为伍
他们怂恿彼此变得邪恶
终于在子夜反目成仇

身体要发动第三次世界大战
而思想叫嚣着捍卫和平
战争，不再是传颂的神话

大海败下阵来
北风败下阵来
时间与空间败下阵来

这是一场莫名的战争
争夺的双方横尸遍野
最后没有安葬的地方

身体千疮百孔
思想腐烂成泥
这场战争终结了一切

活着

千秋万古地坐着
让身上长满青苔、荆棘、青石
最好，还悬挂着几千面明镜
映照山河，映照永世阒寂

站着，像一棵胡杨
让身上长满枝叶、希望、黄金
让黑暗从天边滚滚而来
烈火熊熊从四面扑近

也要行走，刀剑不忌
让它们刺破血肉
纵使匍匐在天道上
舔舐好残肢，也要继续

有阳光的地方
就有我活着的证据

夜晚、火焰与洞箫

夜晚如同死亡
安静　仿佛有野兽在穿行
这生长的喻体
如同玫瑰　常常被人们提起

那样的夜晚
火焰　像性
充满激情　像低语者
诉说前尘旧梦　毫无逻辑

箫声低回在水面上
压低混沌的抒情
送来蚀人魂魄的耳语
那耳语　像政治一样敏感

火焰灼破夜晚的衣裙
暴露她性感身躯的局部
箫声像此夜羞怯的呢喃
挑逗着火焰
一下红　一下蓝　一下
倾倒

阴谋

秋寒高涨起来
火从自然界退进身体

火总在身体里躲躲藏藏
正在策划一次阴谋行动

阴谋寻求满足
被你们误解为爱情

我不是

我不是电脑程序
机械代码如同时代遗落的箴言
但不必照单执行

我不是 shift 键
曲线直行的人，拥有自由意志
我不是 back 键
删除过往，不堪仍会继续

我不是聊天工具
我可以闭嘴　沉默地蜷缩着
把岁月的积尘留在阑尾中
我不是安全卫士
不用尽职尽责
抗拒火灾、洪水、流行病

我不是回收站
看守着被抛弃的冷菜残羹
等待还原　或者清除干净
我不是硬盘　也非软盘
为人保守秘密
受尽木马毒害却守口如瓶

雨夹雪

无法删减掉这个冬天
在第五人民医院
白色被褥代替初雪覆盖我

神经川流上蔓延着烟火
烟火前停留的
是一阵北国雨夹雪

十二月的雨夹雪里
谁生起炉火为我驱寒？
谁加热眼泪替我擦拭伤口？

——湖畔的兄弟
杨树一样的亲人

雨夹雪渐渐安静下来时
屋檐上滴答着的
是设计的残雪和雨珠

剪辑人生

人到中年　有了妄想——
画出一根人生时间轴
将生活里形形色色的故事
有棱角的遭遇　水火状的记忆
导入时间轴　打乱排列顺序
一刀刀剪切掉过多平静片段
尽可能留下大悲大喜
亲友、爱情、孤独、生死
残忍、邪恶与悲悯、善良
会在很多节点左右剧情
但可以随心改变时间速率
留恋的就慢镜头前进
还要调色　做特效处理
一帧帧缝合刀伤后
渲染　生成一片浮云
命名为《生存》

火咒

想一把火烧掉冬天的冷　但要留下雪
烧掉寂寞　但要留下灰烬
烧掉艺术品　但要留下遗憾和时间的线索

而想一把火烧掉时间的延续
是为　不留下明天
与衰老、死亡错肩

然而　火是那么难以掌控
它燃烧起来　连神的旨意也要一起焚尽
而有时　它代表某种东西　永不熄灭

就像烧掉荒诞的卡夫卡
火蔓延到纸上的国度　人间的叹息
也化成了灰烬

就像焚烧异端的布鲁诺
火从神的旨意开始燃烧
最后连神也烧掉了

就像焚毁梦幻的圆明园
火从强盗的手指开始燃烧
欲望却不灭　羞耻在火中永生

失语症

又一次口腔溃疡
糜烂血红的肉窟窿
形成宇宙黑洞
吞没疼痛和语言
一时间，我又患上失语症

他们把身体从语言中袒露出来
以色情的火焰取暖，笑得火焰乱颤
一如往常，不知疲倦
我捂着嘴，跟着怪异地笑
终究答不上话

偶尔患一次口腔溃疡
把语言楔进身体
收敛穿透性别的光芒
做一个失语者
等春暖花开，再开口说话

滚出大海的安息地

在一面广场上
大海安息了
我是一滴浪
随之安息

轿车是一座座坟墓
我的尸体从坟墓中绕过去
寻找复活的路

无声地，我感觉到
一艘幽冥船缓缓驶来
像一条狗跟在我身后
不转向，也不吠叫

我终于转过骷髅脸
空洞的眼眶，一瞬间
被劳斯莱斯的光芒填满

光芒没有烧毁骨架
所以我故作镇定，悄悄逃离
滚出大海的安息地
重回人间

关不上的水龙头

一滴滴，小声叹息
开始是一瓢清凉
后来是一个湖泊
一片海洋

一滴眼泪，一句告白
因为关不上，停不住
最后流干了一生情缘

一滴时光泄漏
在宇宙漂流
一光年贯穿黑暗
一箭就刺透人生

一滴血若不凝结成霜
仇恨终究会注满水槽
战争打开喷血管道
文明喑哑了，只能谢幕隐遁

JING

LIU

NIAN

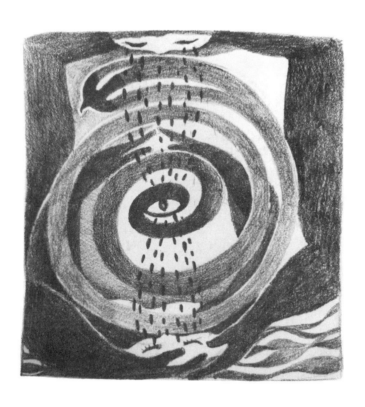

当神熄灭了世间光芒

是不是正有一片羽毛
轻盈地从城市这边漂浮到那边？
陀螺旋转的时刻　你是想起过往
还是无动于衷地　做个看客？
我无心于这些奢侈情调的幻想
没有足够的光阴用来写下诗行

生活的峰峦一座接着一座
才爬过这座　那座更高更险峻
病痛　职业　爱情　父母
苟活的尊严　还有伸出云端
常年积雪的梦幻　海拔太高
让人望而却步

更何况　山间遍布喀斯特溶洞
成片的荆棘　有毒植物及藤蔓盘结
蛰伏着巨鹰　豺狼或不知名的野兽
走完这一生　得经历多少伤痛？

渴望陪伴着阳光消磨此生
雨水却总是从身体里蔓延而出
明明是白昼　却突然闯进天黑
黑暗中的轨迹更是去向不明

在无边的黑暗中
我摸到自己的脉搏　它强有力地跳动着

我告诉自己——

当神熄灭了世间光芒

你仍然可以手执火把照亮前方

打电话清算债务

白云从天空下坠
它迅速沉积　如同沉积岩
层叠在高原上
这件事无人注意

我站在高原的一所房子
从窗口目睹一切
感觉有些呼吸凝滞
这个过程经历了一整天

这一整天　我就看着这种怪象
对着一只大屏手机说话
说南城荒草蔓延　北边淫雨霏霏
说夕阳倾斜60°角　一只鸽子
擦过云彩边缘　却始终没有
谈及白云坠落的事

是啊　何必谈论这种惊悚事件
光现在涉及的话题
我就已经说到喉咙沙哑
城市里的人们正经历繁华盛世
何必要让每个人　都惶惶不可终日呢?

挖

吃完晚餐挖
躺在床上挖
等公交车挖
公交车上挖
上厕所也挖

坐着挖
站着挖
台风挖
暴雨挖

身体、情感、思想
都已被我挖了几千条隧道
人生是戏
这些隧道
没有一条通向结局

几光年到不了的黑暗中
核辐射已让我寸草不生

突然的羞愧

将忙碌磨得更锋利
分切工作、生活或零落的诗行
放在燃气灶上煎一煎，再煎一煎
味焦而咸，但皱眉也要下咽

这时，在法国，抑或意大利
某个商场、餐厅、咖啡馆
钢琴键欢快地舞动
单簧管加入，用很多只眼睛说话
古典吉他闯进来，六根弦
将木心的独白全都勾拉出来

音乐之湖涨起来
一记女式美声突然投入湖心
湖水震荡，波纹扩散至每一双耳朵
玉兰花从每一双眼睛里绽放而出

陌生人的刹那交会
各自带来了自由、愉悦的灵魂
有一刹那，我也将灵魂汇入其中
但我突然羞愧难当
——已经在火上煎得焦黑
怎能再长出明亮的种子？

竹埙

就算心被镂空
也要守口如瓶 ①
腰斩之痛，不可逢人就说
深埋于土中的根须之谜
化作腐殖质，来年会悄悄亮出新笋

谁不是被裁了又裁并且满身窟窿呢？
掏空内脏，只是为了承受外来之气
十个孔轮流打开，让悲痛泄出
内耗就会少一些

更何况，大风吹掠峡谷
那苍凉之音
本就是古老的寓言

---

① 竹埙一般以最靠近土壤的几节竹子制成，中间竹隔须打
通，但两端必须密闭，只在一端开一吹口供吹奏。

我是献石头的人

在高原，不是生来就高
而是坎坷。假装成群山间的
一块石头，太渺小，谁也看不见

比如，举着花朵想要示人以美
跌跌撞撞的途中，花朵不是摔毁
就是枯萎

石头太多了，别人很难相信
你所怀揣的是一块玉
毕竟，怀璧之人早已进入殿堂

频繁的雨水让高原更加迷蒙
道路泥滑，负重的喜鹊
翅膀沉重，眼角的雨水未干

不可改变啊，我始终是献花之人
主要是献遍地的石头
献我高高隆起的脊梁

九回肠

—— 卷六

JING

LIU

NIAN

生命之河与反向激流

当苏必利尔湖倒悬于

阿拉伯半岛的沙漠

当西伯利亚被填入黑海

当安拉、雅赫维和耶和华

无法统一真身 ①

世界的瞳孔开满死亡之花

生命之河中

屠刀与凶器顺流直下

插满了河岸与海口

我们所遇见的那条河

就如我们的命运　它刺穿我们

挖掉我们的内脏　留下

一排排木乃伊　奔走于世

黑色的命运　黑色的河流

黑色凝血中悲哀的花萼

锈迹斑斑　再托举不起一朵花

花瓣的韵脚　尽是亡灵的泣哭

与生命反向的激流

---

① 以上所指为美伊拉战争、俄乌战争、巴以冲突。

没有屠刀与凶器

在哲理与狂想之间飘忽不定

而这条河　不会被我们遇见

超短裙

1

谁在巴黎　打开一朵曼陀罗

打开另一种春天

在春天　群草鲜嫩

鲜嫩的少女　被风吹得洁白

洁白的诱惑与时尚

随曼陀罗之毒

涂染得满城桃花绯红

2

谁把仰望一再往上托举

短一分　再短一分吧

青春越来越接近

极光喷泻而出

3

操起剪刀

剪下曼陀罗过长的裙摆

把春光露出来

我们都是春光的追寻者

时代浅白

何须隐藏一道闪电！

将朦胧和古典裁掉

封建残余太过累赘

男人的胸膛堆满雪花

走过郑愁予　走过海子
再不与任何诗人相遇
就成了水深火热中的男人

如烟蒂扔了一地
那是多少隐忍与沉默
被囚禁在第十八层阳光
煎熬　但不能叫喊

酒杯不是男人　男人是杯中酒
浓烈，高度数
却不能自我先醉

男人就是男人
一边吃斋念佛　一边在红尘奔走
男人的胸膛堆满雪花

是呵　男人的胸膛
大江大河　奔涌
大海在男人眼中燃烧
大火在男人双肩结冰

男人一夜醒来
雪花堆满胸膛

少女狂想曲

窈窕淑女走失在《诗经》里
扫落坠满琴架的音符
将哀愁揉碎　借九天银河一用
谱一支少女狂想曲——

少女与一座城市恋爱
与很多个抽烟嗜赌的男子交换身体
蝴蝶从她的睫毛上飞走
留下闪闪发光的鳞片

少女在春天怀孕
在另一个春天
产下悔恨

少女　少女　少女
我的狂想曲　我的绝症
我的水一样死去的纯洁
春天时所有美丽病死
春天时我摔碎了我的竖琴

地震

来不及

爱恨都太迟　太遥不可及

嬉戏中的孩子含着糖果消失了

一支画笔从书桌上滚落

半幅抽象的雪山神祇

再也不可能完成

草鸮的巢和刚刚圆满的爱情

一道覆灭了

停止

铜和铁，和昨夜的灰烬
请停止无病呻吟
到处是花蕊躺在泥淖里
到处埋葬着梦、长衣
蝴蝶和含羞草的坟墓
青蒿繁茂，芳草萋萋

到处是酒宴
设以款待权利
它掌管着正义、情欲
到处在演绎无端的别离
也在上演预谋的相遇

更鼓和木鱼
请停止念经
树木的交配终将变异
马槽和猪圈要变异
炉火和节日要变异
土地和山峦要变异

剩下的
早已变异

在温州

无论转身还是向前
阳光都抱紧我
咂摸我的每一丝神经末梢
热烈而又霸道
这暧昧，这座城市一样抛给我

餐费、房租、中介费、路费
密密麻麻地开在我窄小的手掌
长得比自行车的速度快
模样却比医学院的荷花绰约

从济南到温州
我蹦进某个戏台
深入一出大戏：

电话在漫游，公交车计程而行
方言的弯道太大，很难不出交通事故
还有那冰雕的假面，人们无差别地戴上
当街小解，小叶榕已司空见惯
河流拖着浮萍和垃圾装饰的长尾
行将沉睡　或死亡

误解一座城

在温州
我一定误解了什么

打开一盏台灯
这巨型机械
让电度表转出宇宙第一速度

在公交车上，若给老人让座
他会卸掉面部表情坐上去
有些原则向来如此，不能更改

十六岁的少年翻转着高端手机
你来或走，他从不在意，他只要答案
啰唆讲解，像汽车尾气一样污染环境
父母是这城市滚动车轮中
较豪华的那种，匆忙滚动难以停止
他是一只刹车盘，静止，是他的关键功能

我一定误解了什么
烈日下、夜色中默守冷清街道
卖死鱼和失鲜水果的人
还有人力车夫
跟我在别处见到的别无二致

真相

我们常用雪误解冬天

用生活误解生存

这样误解了一生

误解便成了真相

一滴水遇上另一滴水

一

深秋极尽遥远
在那里　一滴水遇上另一滴水
两滴魂魄彼此渗透
变成一滴信念
一滴水比一个深秋还要遥远

一滴水遇上另一滴水
在透明玻璃上形成
不留痕迹的热烈与赞美
它们相遇在世界最焦渴之地
世界缓缓地起死回生

大海也只是一滴水啊
如果这滴水破裂成两滴水
再破裂成七十亿滴眼泪
从镜面上流下来
镜子里的故事依然遥远
那是比镜子更深更远的悲哀

二

昨夜
我把头颅浸入一滴水
另一滴水从光里滴下来

打灭我开放的绮思

一滴水像一辆列车一样奔跑
带着我的头颅去向高原
另一滴水却待在细颈瓶里
守我的寂寞安静无声

一滴水劈开黎明
去点燃一场大火
另一滴水割裂我的嘴唇
平息我体内的风沙

一滴水如何遇上另一滴水
一滴物质的水和一滴虚无的水？
一个物质的我和一个虚无的我
如何　在一场人生中复活？

三

如果两滴水必然相遇
那只有因为爱
爱使两滴水早早透明

两滴水的爱情牵动了江河湖海
两滴水相爱
所有的水也必然相爱

两滴水无法入眠
一次半睡半醒的翻身
另一滴水就会突然失踪

以后的日子
两滴水激动不已
历史也随之轻轻颤抖

两滴水是两只蝴蝶
从一个传说中缓缓飞出
翩翩地飞上了天

JING

LIU

NIAN

高原启示录

谁能把握风的情绪？
谁能猜度云的想法？
善于狂想的高原高昂着雄伟的头颅

黑暗魔法席卷高原
魔怪吞食了闪电、雷鸣、积雨云
河床变成干尸　水井变成空坟
水果、瓜蔬在枝藤上伶仃哀叹、病逝

高原还是固执地扬起千万座高山
敞开一顷又一顷田园
用绿色的皮肤呼唤天空
等待雨水从观世音的玉净瓶中降落
用一场洗礼换回清明
用浩荡激流平息生命的劫难

而我　有什么理由
悲叹命运的磋磨？

画皮

春天到来时

我被万物争夺养分的喧嚣吵醒

樱花　张开妖媚的眼睛

向我卖弄风情

我知道　那只是

一把稻草　被道法点化成人形

能辨别水火　懂得爱欲因果

当她再次变回稻草

被火焚为灰烬

我也会脱下人皮面具

蜷缩在妖界与人间的接口

时刻准备攻击或者遁形

人有什么好

野草、狐狸或蛇

吸纳天地灵气　历经千世千劫

只为修炼出人形　却被人称作妖

可人有什么好

毛发不如草木　无法进行光合作用

以高楼增高百米

也不及云端高翔的鹰

看不见远方　看不清生死

齿牙不如虎狼

叼不住遗憾　撕不开命运这块肉

永远不知道被什么胁迫着

沿着某个魔法旋转轮运动　疲于奔命

数十年光景摊开

能有多少平方米呢？

我们　顶着一颗装满雾的头颅

窃取时空合一的权柄

指挥着风云聚散

搞乱了世界

一碗粉的身价

老素粉一碗，是赤裸的草根
少却土壤遮掩，少却鸡蛋豆腐
或者牛羊肉的遮掩，被日光暴晒
被冰霜冷冻，连同尊严一起枯萎

原始是落后的，裸露是有罪的
掉了身价，更是羞耻的
因此一块石头需要化妆
垒砌在洋房或别墅上提高身价
一个姑娘吃粉要加一枚鸡蛋
玩苹果手机，炫耀青春
花容半蔫的中年妇女
脂粉香如同烟灰飞散
抹着红唇，日日怒放
黑色丝袜包裹着岁月的痕迹
一碗粉要附加更多

在小餐馆
微笑不要钱，所以不附加
阳光、清风、礼貌
统统不要钱，所以一概不附加
满碗肉香的是上宾
吃老素粉的男人
不享受附加服务

公交车战场

1

这个战场上
有些女人是胜利者
她们是利器，进攻
奋不顾身，勇往直前
挡路者死

2

要么生根
积雪压不垮
地震震不倒
要么化为虚空
随手机电量消减
颠沛流离浑然不知

3

蛇与蝎子都有毒
是蛇毒，还是蝎子更毒
很难说
更何况还有地雷埋藏
一旦踩中
两者都可能只剩下残肢碎屑
还有硝烟弥漫

4

激流、险滩、搁浅

这个战场向来凶多吉少

只要最后活着

就是胜利

红灯路口

一生中，会被多少盏红灯所阻？
红色的禁止信息
禁止越轨行为
禁止呓语和言过其实
禁止哲学变成庸人自扰
红灯亮起之处，就是分岔路口
这是命运的提示

身体亮起红灯
照见一种病
生死岔道横亘在前
欲望亮起红灯
罪恶现出狰狞的面目
人生岔道向左还是向右？
历史亮起红灯
王朝沉睡的脸正在下垂
城邦与废墟是梦还是醒？

谁不会遇上分岔路口？
谁的心里没有一盏红灯？

闹钟

暴力入侵。一截白色光线
嘀嗒嘀嗒地搅动黏稠的记忆

将人生拆作两半
一半是生活，一半是梦

两部分永无交集
这不是残忍，是宿命

父母曾是我的闹钟
他们守护着我的梦，把生活给了我

火锅

人们热衷于沸腾的誓言
热辣上脸，温暖肚肠

绿色的欢愉，红色的夸耀
黄色的伪装，白色的奉承
扔进去，混作一锅混沌岩浆

据说，世界原本就混沌未开
清浊不分，没有天地
没有性别，没有爱恨

宇宙最初　是否诞生于虚无？
虚无的沸腾
以及沸腾的誓言
足够人们把盏言欢

一杯虚无，就像
啤酒的白沫从瓶底冲出瓶口
用一张嘴去堵住

口腔溃疡患者
需要冷却处理
因此狼狈逃离
仿佛多年前　逃进一场雪

门

我身体里有道门
夜色中　我将它打开
赤裸着肝肠　夜奔

将一张床装上轱辘
驾驶着它奔驰在城市
红灯不停　奔向天亮

我心里有道门
平素关闭着　门缝长出荒凉
只有少数时候　它会被打开

打开时　一般是在日暮时分
在流水淌过伤口　逐渐安静时
你的背影　正落下昏昧的余光

我妄想中有道门
由音符构成　永不腐朽
门里是永不败落的梦幻

门外　云在盛开
阡陌纵横　田野托着盛大的落日
随意提溜着阡陌　兜起田畴送给黑夜

城门、旋转门、防盗门……
我想将所有门都关上

关上山门　身在一本经书中寂灭

但很多门是看不见的
我们隐身进出　像玻璃中的光离子
卑微着　从来不存在

依赖

多年前　我在温州
使用百度地图　去约会一条条
受尽污染的河流
将河流的呻吟　转述给上层人士听
那时我还是个学生

多年后　我在贵阳
用百度地图查询人生的路径
这些血脉　镶嵌在我体内
我却不知　哪一条通往过去
哪一条　通向未来

习惯于依赖工具
来对抗未知和不安
在巴掌大的屏幕上了解江山布局
查看弯道　障碍物　岔路口
确定要走的路

多年以后
我所不会使用的新科技出现
我不确定　自己会不会
困坐愁城　永远不再走出
自己的心门

精神的葬诗

在越来越漫长的冬天
溪边饮水的野鹿死了
它曾席地而生，曾穿过旷野
自由地浪荡于高山草丛
野花烙印满身，它毫不羞愧地穿上
而现在，旷野收缩成一个词
写在葬诗的第三行
野鹿死在了第二行

在荒芜的大地和幻境重叠的城市
机器碾碎白昼，灯火焚烧黑夜
蝴蝶用覆灰的翅膀叹息
囚鸟用含血的嗓音讲述曾经
时代被打磨得无比锋利
剖开我的心脏，切割我的爱人

我多想痛哭一场
尔后将肉身弃置尘世
让不是肉身的部分，抟扶摇而上
这想法像石头里抽出来的火
烈焰刺穿肉体，红光闪烁

若人间再无芬芳，便孤独地举起花朵
朝向长满神话的远古，夕照通透的册页
漂泊，流浪，孤芳自赏

淋漓的雨后，去打听最后一朵月季
开了多少时辰，或未开的迟疑
逆一部史诗而上
用血煮沸夕阳，用最后的吻
让人间生灵，醒来

**脸
谱**　　推开我的脸
　　　是一道任意门
　　　看你玩出什么花样

故乡月

小时候，月不只是意象
在唐诗里皎洁
还跃出课本，出现在村庄的薄夜
缓缓压低在婆娑树影之上
然后循环经天
朦胧地照见童年

村庄没有诗人押韵
一任月照过分恬静
叼烟斗纳凉闲聊的乡民
被月剪影，配以蛙鸣
狗吠和蛐蛐的清平调
在过往反复播放
偶尔，孩童的喧闹
会击穿月影奔泻而来

后来的许多年
城市只见霓虹
我多想，把故乡月做成名片
发给每一个陌生人
但最终，我将它还原成意象
封存在故乡
时至中秋，才小心取出
轻轻擦亮

上祭题记

从一种存在变成另一种存在
生死，是应被虔敬的哲学命题
我亦由生向死奔赴
献上绯红的人情
花圈、鞭炮或纸糊的哀思
由此在之城的残雪
腾挪至彼在山乡之冰雪

而祭奠仪式形同虚设
白帕子或胸花
不过是让一个本就负重之人
叩首或鞠躬更重一点
让他的膝盖、额头重重触碰内伤
让他的腰折断在此在之世

多少次，辗转于阴阳之间
我是被旋转之力催动的宇宙尘埃
宿命的落点并不能自主选择
只是想在散佚途中，扔下
一条流星一样的长尾
刹那光华闪现于崎岖人世
完成此在的哲学命题

路途

残雪仍龇着牙
展示它的威严
而我必须踩碎利齿，启程
穿越半城寒冷
去赶一趟高铁

（亡灵之召是不可违的
终有一日，我亦为亡灵
那时，是一棵杉树赴约
还是一丛火花来吊唁？）

高原上，万山丛生
高铁，无翼的长龙刺破山腹
半数路途困于隧道中
不断自白昼入黑夜，又返回

恍惚间，我已变成这钢铁长龙
总被山峦压着头，匍匐着身躯
既然未生于平原
我便只能以身为剑
刺破万重山

从长龙的梦中醒来
浓雾汹涌。勘破一场恍惚

缓缓进入一片冰雪的山乡
冰雪是那样深沉
深入童年的每一根神经

守祭品

祭奠仪式午时才开始
通往灵堂的羊肠小道
被上祭者踩踏得稀烂
套上世故枷锁的人
跟我一样，无法另择他途

祭品卸在小道半路。等待
数小时虚度，雨雪相侵
生者，必须切割一段生命
敬献亡者。更多的时候
也敬献上司或上帝

又一阵大雪欺身
我以垂头弯腰的绿竹为伞
暂避这一场浩劫
以冰冻拓下竹叶和野草的经络
又将冰冻捏碎，抛掷于地

直到爆竹怒响，祭品
该以死者之名献给生者了
扛起花圈，赤蛇① 绕掌，钻入袖口
挽联的字迹模糊不清
表达哀思，这倒也算应景之事

---

① 花圈上的红色染料被雨雪浸湿，变成红色液体流下，形
如赤蛇。

祭奠仪式

灵堂浸在寒风中
棺椁的漆黑被人间的烛火照亮
我半跨阴司，掏出钱币
请记账人记名，消除活着的罪孽
并接过白色方巾——亡灵的回礼

唱礼先生的唱腔半阴半阳
"跪——"，我跪在曲折扭转的语调中
这语调，是不可抗力
似有冰碴子在膝下咔嚓作响
那锋利的刃口刮擦着骨骼——

多年前，我也曾敲碎膝盖
换上愧悔、悲悯和爱
跪在母亲的棺前，猜想
她的最后一个念想，是不是
一面镜子，映照着疼痛消退的笑容？

跪在回忆里，三叩首，起身上香
在一场祭奠仪式中
有些碎片哗啦啦地坠落
我不确定，那是我的过往剥落
还是枝头的冰块碎裂

祭羊

两只黑山羊，曲折的角
像某种祈祷，被绳索绑缚
分拴在两棵树上。绳索余量
如同神谕，令它们站着度过日夜
和竟夜的大雪，无法卧眠

冰雪的寂冷挤进它们琥珀的小眼睛
它们是麻木的
对即将到来的宿命一无所知
从另一种生命视角看去
我知道，它们是最珍贵的祭品

左边一只身躯颤抖，绕树踏步
右边一只却静如一块黑炭
赤红的篝火与它们无关
也无人喂食。宿命抵达前
饥寒困倦逼它们交出了往日的自由

从头至尾，没有一只羊挣扎
它们或许并无罪孽，但自史书所载
"易牛"[①]之殇，就从未获得怜悯
世间有时并无慈悲，若命运至此
谁又能掀翻祭台，拆毁一场祭奠？

---

① 《孟子·梁惠王上》载有"以羊易牛"典故。

合葬及其他

冲天火舌将朽木舔得绯红
老乡们也将话头的火舌喷出
烧得脸红脖子粗

"是夫妻，合葬可以，合种不行
子孙后代都给合了，扯鸡巴蛋！"
有人把脏话当作香烟，用力折断

"你懂个毛！合葬，合冢
一个意思。中国汉字，你屁都不懂！"
矮个子男人一把火，烧掉了话茬

然后，他们又化身神算子或先知
讨论电话与身份证号码
对命格的决定作用

他们仍是朴素的泥胎
胎心的愚昧，尚未被窑火煅烧干净
无法蜕变成中国瓷器

柴火

如果不燃烧，朽木将更加腐朽
在火焰中，我们会送别很多东西
如冷色调的悲伤、混沌的牵绊
我们因此感到温暖

但火星或许会在衣角留下伤疤
无法修补的那种
飘忽难测的烟
也会让你交出感动之泪

在道场边上
我们向火焰袒露胸中积郁
和背部弯曲的颈椎。毕竟
我们都承受着冰雪之力
麦苗上的春天还未亮出翅膀

冰雪

曾经，在山里，一场冰雪
让我感到空旷、寂寥、欣喜或自由
冰雪覆盖的故乡，静得能听到寒鸟的呼吸
遗世独立，我才能将自己拽出镜子

现在，雪夹冰，又一次抵达祭奠现场
在吃席的人群中，我无法落座
我是一片冷冷的雪花
有时很难着地，容易被地面温度蒸发

"大花，又下冰咯！"
阿姐跨下台阶，嘴里含着火焰
"你才下冰了，冷死你呢！"
阿妹倾倒洗涤废水，热气腾腾

那热气起自我的丹田
但雪花的性格让我无法承受温暖
偶尔强行硬化成冰，也只是在消融前
获得另一个更寒冷的名字

唢呐

深藏于冰雪内部的冷
无法掏出。嗓门再大
终是阴阳相隔，缥缈的魂魄无法唤回
我们总是在生死别离的渡口不知所措

起棺在即，三支唢呐大放悲声
其实，那声音远比冰块掉下时更嘈杂
旋律像一把黏土，被揉捏成畸形的肠道
——是什么使唢呐变成道场的法器？

公元三世纪以来
星辰在八个孔上如何更改位置
以及，唢呐匠的无名指动还是没动
我比较恍惚

送葬

起棺时，锣钹之声让寒冷退后了一点
毕竟它们那么欢快
我也悄悄扭转身
假装凝视竹林，或某片绿色竹叶
今日是兔场，属兔者不宜直面棺材
以免犯冲。有人说

踩在抬棺人的脚印里
我是送葬队伍多余的尾巴
上山的路，陡峭，泥泞，崎岖
生前与死后的道路，相差无几
我活着，但有一具棺材需要旁人抬举
当然，我也常抬举别人的棺材前行

步步泥泞，穿过荆棘
山前出奇地阴冷
大雾弥漫，直压树冠和眼睑
生死之"迷"，像这雾，是无解之局
身缀冰晶的松树，半身藏于雾中
将某种神秘，撑为半开的伞状

松树侧面，是亡灵的居所
这遗世的独居，正是我所求索的
但多年后，我是否能返栖于一棵树下？

返回时，两只祭羊也已往生
刀尖的凝血没有祝祷之意
它们的肉终会保留一些腥膻

回程

人总要还魂，返回原点
返回自己的囚牢
才能睡得安稳

当然，冰雪之力
总会让你历尽曲折
返程一再被推迟
人鬼两途，都不可来去自如

我是一把半凝固的雪
被扔进另一堆雪中
雪与雪，彼此拧巴着轮廓
被逼仄的车厢，运出群山

雪与雪的交谈
总是寒冷透骨：

丈夫十余年之火
未融化妻子之冰
因此，他在她的身躯上
凿开数十个洞，放出热血，化冰

我钻出车厢时
那热血仿佛还凝在胸口
不知是极热，还是极寒

归途之外

穿过哲学的磁场，抵达有无之境
而后折返至哲学之始
才是哲学的终极命题

复归之旅，我仍要打车穿越迷雾
再由高铁转地铁，勘破途中的种种迷相
比如，路段不同，价位悬殊
最颠簸难行的一段，最廉价

迁徙或停留于原地，是哲学问题
总有人会做出选择
也有人无须选择，或无法选择

当然，如果穿越一场哲思进入哲学背面
会发现，故土之木，根系发达
树冠擅自移走，或坚守
事关生死。所谓哲学，仅是伪命题

歧路

困苦而多病者，往往
找不到一棵树倚靠暂歇
一路驰骋之人
却总能获得多余的靠椅

身处黑夜，追逐星星那点微光
雨水总是不期而至
酣睡者黎明醒来
伸出手，却抓住满把星辉

这可笑的人世
我像个可悲的酒徒
分不清经纬

但那又怎样，无非是水陆空之别
早或迟，抵达与否
无非是通往城市或荒野
你数霓虹，我浴黄沙
最终，我们都会在尽头相遇

诗意的流年和人生的镜子

——黄文华诗集《镜·流年》品读

徐必常

诗人黄文华又一部诗集出版了，诗集的名字叫《镜·流年》，这是他写诗20余年来的第二本诗歌选集。诗集以时间为序，分为6卷，表达了诗人对自然风物的情怀、对人世的情感与哲思、对事物的情绪与叹惋、对大自然的认识与歌颂、对灵魂深处的追问和对一些社会现象的思考。

不难看出，诗人是打算通过诗集的出版，一方面对这20多年来的创作进行有效梳理和总结，一方面为开启新的创作寻求新的超越的路径。有趣的是，诗人不只考虑流年和诗的高下，还有意把所选的诗作为一面镜子，作为未来创作的对照。我是非常佩服黄文华作为青年诗人直面自己的勇气的，他较早一代、同一代，或者更年轻一代的诗人来说，多了十分沉稳。

我试着阅读每一卷中不同时期的诗作，与诗人一道感受脉搏的跳动和每一首诗的表达，而最先让我着迷的是每一卷诗的标题，因为每一卷诗的标题都很特别，有着很深的传统文化的韵味。

比如说第一卷"风入松"，这个标题会一下子把诗意的场景放到林海、山岗或宁静处，因为诗意场景的宁静，诗情诗境就会随着这宁静徐徐展开，像风一样钻进松针的缝隙，就如一双手的手指穿插在另一双手的手指的缝隙间，从而在两人心灵深处发生化学反应。

我顺着这种感觉去品读这一卷诗歌，信手拈了《丁香结》，就读到了这样的诗句：

雨过天青　那枝头淋漓的水滴
像我们之间的对白　晶莹剔透

诗人写的是"雨过天青"，也就是说，这要么是早上，要么是傍晚。我猜测应该是傍晚，因为后来的氛围是"月上柳梢头，人约黄昏后"，此刻诗人和谁对白于诗人重要，而于读者并不重要，重要的是在诗中营造的氛围。

继而又尝试读了另一首叫《林奈木》的诗，这首诗比《丁香结》晚写了21年，诗句自然就更加成熟、老到：

但我亦有纤细的木质茎
擎举着淡红色巨钟走遍旷野
望着黑夜一直黑
白昼始终明亮

然而只要稍微一品，那"风入松"的场景和味道，却是一脉相承的。

第二卷"如梦令"中一首名叫《爱情》的短诗，短得精妙，短短 4 行，写了青春的一段经历和感受：

你是一页纸笺
我是纸笺上的一点墨痕
我试图把你翻过
而最后，是你翻过了我

诗中字面上交代的一段经历虽说是翻了篇，但也告诉了我们，诗人心中那爱情的波澜一直是像"梦中"的"令"一样，成为诗人挥不去也不愿挥的绵长的情绪。

这一卷中还有同样精短的诗，比如《一梦千年雪》，也只有 4 行：

如果一场雪持续像思念
绵延千年不绝
梦雪的孩子

终会在人间白头

这首诗有着更大的力道，力道的结点在"思念"上。
我倒是认为，这诗只适合意会，不适合解读。

继而，诗人让"镜中人"登场，这是诗集的第
三卷，居于中位，想必向读者呈献的是核心元素。

读着这一卷诗时，我特意放慢了速度。实在是
想快，但快不起来。因为这卷诗的题材不管是在时
间层面还是空间层面，都不适合"奔跑式"阅读。
诗人借古，也观照当下，无论古今，诗人都把诗中
的人物当作一面镜子，通过一面面诗的镜子反射出
的光，让诗人更加富有情怀。最难得的是，诗人的
情怀是及物的，他追寻的是"知行合一"，从而让
这一卷诗的结点最终落墨在《清洁工》上。

在阅读的时候，我也试着做一做"镜中人"，
从"李白"开头，到"父亲"生病，再到"读圣贤书"，
读着读着，感觉我们的生活或许就是我们的对立面，
而这对立面，真是一面镜子，这镜子照得人有点喘
不过气来。

好在诗人终归给了读者一条"活路"，在接下
来"冉冉云"这一卷里，诗人让读者轻松了些。

写干了东海水
用完了秋天的落叶和冬天的雪

这是《比喻》开篇的两行诗，诗一开头就用足

了力道。继而可以把诗情跳到《蝴蝶泉》去，感受
另一首诗的开头和结尾。

诗的开头是这样写的：

　　揭掉生活冰雪的人
　　心是一处秘境

而结尾又是这样的诗行：

　　每日绕泉而过的人　　掩住四月的涌动
　　变成一株四季桂
　　传送满身香　　不语

我特意只摘抄了这首诗的开头和结尾，自然是觉得，
读者也可以尽情地融进这诗意的气氛中来。

而诗人可能是有意不让读者"消停"，接着又
弄了一卷"乌夜啼"。

　　蛛网破败
　　墙体的裂纹在延伸
　　残灯将熄　　暗影巨大

　　墙上钉满钉子
　　一个个郁结仰着脖子
　　没有规律地发着幽蓝的光
　　蓝光如潮流暗涌

这些年　我试图关上门
留住些阳光　在窗台种几盆花
守着　安静地落幕

可风总是粗暴地将门推开

这首名叫《灵魂里的景象》，诗人起起散散写
了 18 年，写了又改，改了又写，比贾岛的"鸟宿
池边树，僧敲月下门"还用心用情。要是说"流年"，
这首当然最是流年之诗。

有趣的是，这一卷中有一首诗叫《阴谋》：

秋寒高涨起来
火从自然界退进身体

火总在身体里躲躲藏藏
正在策划一次阴谋行动

阴谋寻求满足
被你们误解为爱情

我倒是第一次见着通过"误解"来表达的，反
正是读起来有趣，会让人会心一笑。

而"九回肠"这卷，我认为不得不读的诗是《男
人的胸膛堆满雪花》，因为诗中的男人既包括郑愁
予、海子，也包括诗人自己。正如诗中所云，前者

是走过了的"再不与任何诗人相遇／就成了水深火热中的男人",而后者的他"一边吃斋念佛　一边在红尘奔走／男人的胸膛堆满雪花"。诗人自然是写担当,所以在诗的结尾写了"男人一夜醒来／雪花堆满胸膛"。

还有一首《真相》,写的却不是真相,是误解:

我们常用雪误解冬天
用生活误解生存
这样误解了一生
误解便成了真相

为什么我们会对生活的误解越来越深,细想起来,或许是生活中没有明镜对照。

刘昫修等的《旧唐书·魏徵传》中,记录了唐太宗对魏徵的评价:以铜为镜,可以正衣冠;以史为镜,可以知兴替;以人为镜,可以明得失。那么以诗为镜呢?或许在《镜·流年》一书中能找到答案。

《镜·流年》一书共收录了诗人的 165 首诗,每一卷都根据主题选用一个很有古典韵味的卷名,古今结合,既典雅又不泥古。诗的书写与真实的人生,如同真人与镜子中的自己对照,真实与幻影互相交叠,首首都是诗人珍爱的镜子,更是诗人生活的态度。

而人最好的生活态度究竟是什么呢?如果让我

来回答，必然是"诗意地栖居"。也就是说，生活可能并不富有诗意，但我们有着诗意生活的态度。

徐必常，土家族，中国作协会员，工程师，一级文学创作。创作有诗歌、小说、纪实文学、评论等。出版诗集3部、长诗2部、长篇小说1部、长篇纪实文学1部。曾获中国土家族文学奖、贵州省专业文艺奖等奖项。

后记

　　"我们再无缘翻开那个时刻 / 那个时刻　温暖或沁凉的心弦 / 曾被谁轻轻拨动",为了这样的时刻,我熬焦无数个夜晚,将一部《镜·流年》捧出,献给黎明。作为《流年心灯》的姐妹篇,这部诗集所呈现的仍然是恍惚的流年。流年如镜,亦如诗,通过这面镜子,我与诗互为镜像,也互为倒影。"于是　我在麦田边睡去 / 在镜中变成许多个自己 / 幻影交叠　他的影子叠着我的影子",《黄文华,在镜中》一诗所表,或也大概如此。

　　但这部诗集与《流年心灯》仍然有明显的差异:诗的行数大幅减少,不再强行呈现面或立体形状,而更强调点的运动速率与击中痛感;诗语不再那么舒缓、悠长,而是更加逼仄,更强调张力;情绪波动不再是主题，而是楔入生活更深，更凝重，更注重精神的袒露、刮洗与淬炼……在这部诗集中，"我"更真实地"活着"。

无论怎样，我始终为流年不可挽留而战栗，所以珍视每首诗最初的模样，因为那是"当时"的见证，是光阴的一滴浪花，是时间遗留的一点可供追忆或不可追忆的线索。可人们并不知晓我手握屠刀，将珍视的"最初模样"劈斫成"最终模样"，是多么残忍！

原以为与《流年心灯》一并整理时所做的修改是毫不留情的，是革命性的，不承想那之后直至当下，在投稿与书稿整理过程中，为使这些诗作符合当下的审美，我仍会一次又一次更加"残忍"地进行"天翻地覆"式的删改。比如《地震》一诗，原是 2009 年 5 月 12 日为纪念汶川地震而写的，后于 2023 年 12 月 25 日整理时重写，全诗如下：

是谁的名字
藏在黑暗地狱?
举头喷发地震波
一刹那　山河遍体支离
颠倒乾坤

来不及
爱恨都太迟　太遥不可及
嬉戏中的孩子含着糖果消失了

一支画笔从书桌上滚落

半幅抽象的雪山神祇

再也不可能完成

草鹋的巢和刚刚圆满的爱情

一道覆灭了

从唐山到汶川

从日本到菲律宾

地球的心脏涌动着恐惧

我们是有罪　还是无辜？

庆幸的是

灵肉的废墟里总有些根

揭掉瓦砾遇见光亮时

就长出了茎枝　多少年后

可以再造一片风景

　　2024 年 6 月投稿时重读此诗，仍觉冗长，不符合当下"要小，要短"的审美情趣，故挥刀斩其首，残其肢，仅剩下第二节独立成诗。原诗的发问、惊叹、反思与祝愿统统被删除，只剩下一肚子袒露的肝肠，可以说饱含深情，遗留了悠长的弦外之音，也可以说只是地震现象的呈现和无力叹惋，别无其他。这样的诗是简洁深刻还是残缺浅薄，殊难评定，千言万语也难分辩清楚。但我心中之境，仍然优先映照原诗的模样。

当然，类似《地震》这种掐头去尾的删改，是最简单的，其他更多作品的"劈斫"，要复杂得多。比如《生命之河与反向激流》一诗，原诗《诗的诞生》写于 2006 年 8 月，2010 年 3 月 30 日从头至尾改写，2023 年 11 月 20 日再度改写，并将原诗"断玉分金"，一分为二（另一首为《青年和猫》）。2024 年 6 月再次删改，从 36 行删至 21 行，留下最后的样子。虽然也有"劈斫"太过导致句间逻辑生硬而翻找回来的情况，但这已不值一提。

有人说诗歌是灵光一现的产物，反复修改的作品必然失其灵性，此一说不全无道理，但是我自知并非一鸣惊人的天才，所以只能一遍又一遍地狠下"屠刀"，虽然我也时常怀疑这样做的意义。

这些"命途多舛"的诗歌，形同艰辛波折的人生，在命运的驱动中仍然没有抵达终点。出版不过是一次暂歇。而且在时下的怪圈中，诗歌的发表、出版及发行已经变成少数人的狂欢，更多的写作者分不到刊物的一寸版面，无法承受高额的出版费用，或出版了也无强大的"朋友圈"帮忙，引不来关注，分行的诗页仍会成为无人问津的废纸。一个以诗为心灯的人，在诗歌看似繁华实则式微的时代中行走，终究是孤独的。更有甚者，生命的尘埃如火山灰般不断落下，积尘的镜面日渐失去映照之用，虽日日勤拂拭，却也无济于事。

或许某一天，我会停下手中之笔，不再创作诗歌，让"心灯"彻底熄灭，在滚烫的尘埃中荡然无存，让生命消逝在流年的波涛间，或随一面明镜的坠落而粉碎……如是，喜悲不论，亦喜亦悲。

"牢骚太盛防肠断"，故就此打住。生命中当然不仅有尘埃，也有光与温暖。有幸，青年画家江玫女士为诗集创作插画。她原是我的同学，我自以为对她的艺术才华早有所知，但当看到她的画作时，我几乎惊掉了下巴！这些画作构思之独特、想象之丰富、表达之抽象、气息之浓烈，完全超出了我的预料。总之，每一幅都别出心裁。这些画，仿佛在我的诗集中开辟了另一个陌生而神秘的世界。

感谢熊焱先生赐序和徐必常老师赐评，在这匆忙的人世间还能拨冗见赐，实在难能可贵。感谢赵卫峰老师的指导、提携、筹谋和无私帮助，他的热忱、坦率令我肃然起敬。感谢鲁奖诗人黄亚洲、骏马奖获得者冯娜等的热情推荐。感谢万及兄为诗集提供设计排版支持。特别感谢歌手魏新雨的助理、十余年好友龚定明，每次我的书籍出版后，他都热情地帮助宣传。感谢孔学堂书局领导、同事的支持，尤其感谢师友张基强先生的帮助、指导。一个无名之辈，却能得一群大有其名之人的帮助，实感羞惭。

若我的文字仍有一点光，能击退一寸黑暗，那么20余年写作，就算流年过尽，此生虚度，也是值得的。

黄文华

2025 年 5 月